马国兴　王彦艳　**主编**

风铃鸟系列美文读物

假如树能走开

文心出版社

·郑州·

图书在版编目(CIP)数据

假如树能走开 / 马国兴，王彦艳主编 . — 郑州 ：
文心出版社，2016. 5(2016.6 重印)
ISBN 978 – 7 – 5510 – 0843 – 3

Ⅰ. ①假… Ⅱ. ①马… ②王… Ⅲ. ①小小说 – 小说
集 – 中国 – 当代 Ⅳ. ①I247. 8

中国版本图书馆 CIP 数据核字(2016)第 055191 号

出版社:文心出版社
　　　　(地址:郑州市经五路 66 号　　　　邮政编码:450002)
发行单位:全国新华书店
承印单位:河北鹏润印刷有限公司
开本:700 毫米 ×960 毫米　　　　1 / 16
印张:12
字数:150 千字
版次:2016 年 5 月第 1 版　　　　**印次**:2016 年 6 月第 2 次印刷

书号:ISBN 978 – 7 – 5510 – 0843 – 3　　　　**定价**:30. 00 元

目录
Contents

假若树能走开

假如树能走开

○陈毓

说说我现在的工作,林场看林人。

在林场还叫林区的时候,我就在这边工作。那时我是伐木工人,后来禁伐了,我的伙计们陆续去山外另谋生路,我实在舍不得林区才会有的这股子好闻味道,隐约觉得,若是我离开林区,我会死于肺病。我设法留下,我用两条贵烟换来林场看林人这份差事。

我就像一条老狗,除了对故园的忠诚,几乎没有用处。打这比方的是我的场长上司,他说,林区要创收,要不你真就活成了一条可有可无的寂寞老狗。

场长比我年轻二十二岁,他不喜欢寂寞是很自然的。他需要更多的钱也是自然的。好在他的点子比林子里的蘑菇多。他说,我们要趁市里开发旅游的好势头,让林子恢复禁伐前的热闹。靠山吃山,我们终归要在山字上动脑子。

春天,这一带绵延百里的杜鹃花吸引很多城里人来看,一时间蜿蜒的山道挤满了不辞路远前来赏花的城里人。安静了小半年的农家乐也一时火爆起来。王场长眨动眼睛,想出了一个他认为绝好的创意。他找来林区仅存的一个画匠,帮他把创意实现在一张广告牌上。广告牌上画的是一棵枝繁叶茂的巨树,巨树藤萝缠绕,仿佛天宫里的场景。但我知道这棵树在现实中有原型,他的直接灵感来自山林中那棵据说已经有一千九百八十八岁的红豆杉。一群白颊噪鹛、灰喜鹊、黄臀鹎在红豆杉的枝杈间闹腾,真是生动极了,美好极了。看见的人都夸赞说,这真是个有想法的广告牌。

我们在那个春天随之推出了一个旅游项目,项目的名称就叫:来吧,来认养一棵永不背弃你的树!王场长说,我们的项目就是要吸引那些有闲钱、有闲情、有闲时间的城里人来给我们送点钱花。当然,那棵被认养的树在名义上属于认养人,树的归属还归林场,归国家,认领树的人绝对不能砍伐。这不违背我们护林的职责。

在森林里认养树?亏他想得出来,树又不是孤儿,无须谁来领养。但奇怪的是这个项目一推出,还真吸引人来。来认养树的,有恋爱中的年轻人,有鳏寡老人,有中年夫妇。这让我想到电视里那个年轻主持人爱说的一句话:世界真奇妙。

第一对来认养树的老夫妇我印象最为深刻。他们说要认养一棵三十八岁的树,还要那种长相英俊挺拔的树种。判断树的年龄,对我来说就像喝一杯包谷烧般容易,我立即给他们挑了棵三十八岁的梓树。那对夫妇听说"梓树"这名字,两眼发光。他们说,好啊,梓树,太吉祥了,就梓树。他们还说,原来在古人的诗句里读到梓树,还以为是传说呢。

为啥要三十八岁的树?老夫妇解释,他们有一个儿子,今年恰好三十八岁,但是他们的儿子去了加拿大,年前刚刚拿了一张什么卡,往后是不会回来住了。现在,他们要在林子里认养一棵不离开的树,任何时候,只要他们来,树总在老地方等他们。他们愿意给更多认养树的钱,只要求我们不要使那棵梓树的边上再长别的杂木。这要求被我断然拒绝,我说,你不能说这棵树是你们的儿子,就不准别的树继续生长,哪怕长在梓树边上的树是你们所说的杂木。在上帝眼里,没有杂

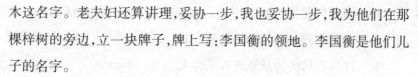

木这名字。老夫妇还算讲理,妥协一步,我也妥协一步,我为他们在那棵梓树的旁边,立一块牌子,牌上写:李国衡的领地。李国衡是他们儿子的名字。

杜鹃花快要开的那个时节,山道上开来了一辆红色跑车。跑车风一般刮来,停在林场大门边,从车上下来一个打扮得像皇后的年轻女人。能接待这样的女人我深感愉快。

年轻女人一开口,我的快乐心情立即像炽热的火盆遭到冰块覆盖。我鼓起勇气问她,您想要完成哪样业务?同时把我们的项目单递给她。她摘下眼镜,傲慢地反问我,你们都有哪些业务能吸引我?我再次请她看我们的项目单,以及一系列认养条款对应的收费价目。她"砰"一声把那张纸拍到我面前的桌面上,吓我一跳。我摸摸我的脸,还好,冰冰凉的。我猜,这个很美的女人准是被她的男人甩了,要不哪来这满脸的冷气?我第一次知道,如此美丽、看上去就富有的女人,也可能是不快乐的。不幸得很。

我能帮你什么,女士?我尽量和颜悦色地和她说话,我们王场长说,要把每一个顾客,不管是男人还是女人,都当成自己更年期的女人,只能软,不能硬。我再次说,我很乐意为您效劳。

她说,你们的广告牌子是真的么?我看是假的!你们糊弄人。我可以告你。我吓出一身汗,辩解说,广告牌子上的树肯定是真的,我知道它长在哪里。

我要认养牌子上那棵树。来人说。

那棵树长在林子深处,根本没路通往那里,像您穿戴得这么讲究,是很难走到那里去的,光那些荆棘就够您受的。我为难地说。何况这林子里好看的树多了,您可以选一棵自己够得着的树,这更实际,更有意思吧?我的口气很真诚。

女人想了想,决定让我帮她挑出这片树林中最高最粗的那棵树,

属于她的树总归是要与众不同的。我说好，这能做到，你这么不一般的女士，拥有棵与众不同的树，是应该的。

女人冰冻三尺的脸总算进入了春天。

女人后来挑了一棵高大的领春木。她说，我的名字中有个春字，而我男人的名字中恰好有个领字。领与春，再也不能分开！能分开么？

分不开，我肯定地说。尽管心里很不确定，但能使顾客满意是我的责任。半年业务做下来，我发现我再也不是半年前的那个人了，我有点得意，又有点惆怅。

尽管树的名字里包含着领与春，但女人仍坚持要把一句话刻在树身上。我反对无效。她说，人都能文身，树就不能刻字了？这让我心疼，是原来伐木时都没有过的心疼，真不知道我这是怎么了。

"今生，领永远都不离开春。"这行字现在镌刻在那棵领春木身上，像一道符。

树被文了身，白花花亮出芬芳的肉。看得我心惊。

一年后，这种白花花在林子里直晃我的眼。

我下决心离开林区，哪怕被那越来越强烈的死于肺病的忧虑终日笼罩。

因为我确信，不离开，我会得心绞痛死的，到时候更难堪。

尽管不知道能去哪里，我还是卷好了铺盖卷。我现在就站在林区中间这条唯一通往外界的曲折小径上。

伊人寂寞

○陈毓

是那场突然降临的死亡出卖了她。

灾难降临之前,她是个不久就要当妈妈的女人。那时她的妊娠反应已经过去,对食物的热爱又回到她心里,睡眠也回到她的眼睛里。她的精神很好,看上去健康而强健,有旺盛的精力。生活很好,即使她的肚子高高地隆起来了,腰身的粗壮使她原来的衣服不再适合她,但是春天的到来却使她很容易打扮自己,她穿着宽松舒适的孕妇裙,看上去比从前更闲适自在。

是一个周末,她要去郊外镇上看望一位女友。女友在电话里不止一次跟她描述小镇油菜花开的样子,麦苗青青菜花黄,那情景她是熟悉的,只是好多年没看见了。现在,怀孕使她从容起来,那就去看看吧。

她拒绝了丈夫的陪同,她说,离产期还早呢,没那么金贵,一个人去得了。她心疼上夜班的丈夫——他就靠白天的睡眠补精神,她不想叫他缺觉。

丈夫送他出门,随手理了理她耳边的头发,使她的头发更整齐。

他陪她走到巷子口,那里有一路公共汽车,可以载她去女友所在的小镇。他看着她上了公共汽车,他们相互挥手道别后,他就回家了。他睡觉。他的头一挨枕头就睡着了,一个完整的晚班的确使他很累。

他的睡眠里一片黑暗，那里很少有梦。

他不知道正有什么在他睡着的时候发生。那辆公交车——载着他妻子和将要出生的孩子的车，被一辆迎面来的车撞到了路基下。他的妻子和他未来的孩子就在那一瞬间永远地弃他而去了。

他在医院里看见他们，准确点说，是看见他的妻子，他妻子的身体。

跟他谈判的是医生。医生说，她死了，在撞车的一瞬就死了，她撞坏了大脑，她没有痛苦。医生替他揭开那块白布，他看见她的脸，她的身子，她的身子和脸都是完好的，区别是它们现在看上去僵僵的，没了血色。他仔细地看她，他看见她的眼睛睁得大大的。那里没有恐惧，只有吃惊，像是看见什么叫她不明白的事情在眼前发生。从前他惹她生气时她多半就是那表情，吃惊无辜地看着他，看得他心软，把所有的过错自觉承担在自己身上，不管事情的起因在不在自己，他都甘心。现在，那样的目光再次出现在他眼前，他立即就有了承担什么的义务了，可这一次，他能承担什么呢？

我们医院想买你妻子的身体，当然，这得你肯成全。医生在说话，在对他说。

等他好不容易明白医生的话，他的直觉反应就是把自己善于操持钢铁的拳头砸在医生脸上。但他控制了自己，他虽然活得粗糙，但这并不意味着他缺少教养。

我们很想把你妻子的身体留在这里，你不知道，这对医学研究，有多高的价值。医生更加小心地寻找字词，生怕伤害了那做丈夫的情感。

谈判是艰难的。一个是刚刚痛失亲人的丈夫，一方是对科学秉承严谨态度的医生。

总之这桩谈判最后定下来了。那丈夫终因那笔他不再有力气拒绝的金钱放弃了他的坚持；而医生，一个视人体研究如同性命的人得

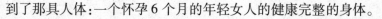

到了那具人体：一个怀孕6个月的年轻女人的健康完整的身体。

据说，那个女人的身体用了世界上最尖端的技术，被栩栩如生地保存下来。

我是在一个名为"人体奥秘"的展览馆里见到她的。于我，那是众多参观中的一个参观，是一个不明就里就走进去了的一次观看。讲解的先生一再说，一定要进去看看，这里有中国仅此一家的珍藏。讲解先生说的"仅此一家的珍藏"指的就是那个怀孕6个月女人的身体，她在这里有一个名字"惊鸿"。那是一个很诗意的名字，但在这里我看不见诗意，也因此怀疑，那不是她的本名。

讲解先生说了她的来历，她现在的身价，那是一个惊人的数字。只因为，她的遭遇的偶然性导致了她的身体科学研究的价值。

时光过去了20年（这也是讲解先生告诉的），她依旧保持着20年前那一瞬发生时的表情。让她"永恒"的技术的确高超。她站在那里的样子大方周正，大睁的吃惊的眼睛叫她的表情看上去无辜而年轻。她的双乳饱满坚挺，鼓荡着生命力，她四肢和腹部的肌肉纹理结实有韵味。她孕育和护佑她婴孩的那个地方现在像一面永远敞开的窗，向遇见她的每一双眼睛打开她身体里的秘密：她是一个怀孕6个月的女人，你看她的宝宝多健康，仿佛随时都会在她的子宫里伸个懒腰踢一下腿似的。

我回到博物馆外，9月海滨的阳光明亮清润，空气里有青草的浓香气。我使劲摇头，想摇落那女人在我记忆里的目光，可是摇不掉。

我再回头，看见明亮的阳光使博物馆待在黑影里。

那里，藏着科学的凉意。

岁月深处的那一次偷袭

○陈毓

按辈分那条藤曲曲折折地摸索过去,我们该唤他"爷"。但没人这样叫他。倒也不是他特别的不配,而是我们叫顺了嘴。唤他爷,不足以表达我们自己。

他的名字叫宽明。

于是,我们就"宽明""宽明"地唤。连刚刚学会说话的孩子都学会了这样。

村子依着河的两岸,鸡鸣狗吠,热闹得很。宽明的庄宅却在坡地上,独门独户的,灯明灯灭,很像是一颗寂寞的独眼。自自然然地,他就划在了我们的生活之外。

在我们这群孩子生活之中的,是宽明家的果树。

村子里,每一棵果树都凋零得早,那缘于我们手中各式各样的武器。竹竿、木棍、一颗急如投林飞鸟般的石子。即使是在最细的树梢,最高的枝头,我们也要让谨慎的石块把果子一一地歼灭掉。谁让我们的肚子总是处于饥饿的状态呢!

我们用衣袖揩掉一滴在鼻孔摇摇欲坠的鼻涕,睁大眼睛在每一棵树下搜寻。我们的眼睛是最精密的探测仪。希望到头来大都空洞着,偶然的惊喜是那些似是而非的树叶的欺骗。这时我们就会不约而同地把目光投向宽明的庄宅。

那简直就是一棵挂满了礼物的圣诞树，是童话中无所不有的乐园。

先是姐姐引诱妹妹，想不想吃又甜又脆的桃呀？还有金黄的麦杏。姐姐的话没说完，妹妹的口水早就流出了牙齿外。姐姐说，那就快去宽明的庄宅摘一些回来呀！妹妹说，姐姐高，手长，姐姐去。姐姐立即变脸：我们大了，万一给逮住，一骂，将来怎么见人呀！你们去，若给逮住了，就跑。绕着村子跑，别直接回家。

我们还是去了。心里又害怕，又有一种做贼的兴奋。

从太阳地里一踏进宽明的庄宅，浑身的热气立即就被收束了去。树们像一朵朵巨大的云团罩在头顶。阳光斑斑点点地落在地面上，两间破旧的石板屋像只窝缩在阴处的甲壳虫。蹑手蹑脚地走过门口，只见被年深日久的烟熏黑的矮屋里，门口赫然一灶台，靠里的山墙边，有一个肥阔的土坑，坑上堆着一堆烂抹布似的东西。有胆大心细者，轻嘘一声：没事，在睡觉呢。但我们还是绕到屋后，偷袭那里的树。

天哪！在屋后，杏压弯了枝头，见我们来，一个个迎风点头，而桃早都笑裂了红嘴，它们在齐声欢呼我们的到来。

我们短短的人生中一个最最幸福的时刻就这样到来了。我们如饥饿的蝗虫，被嘴边的幸福冲击得头昏脑涨的。

一个炸雷当头爆裂，所有的幸福像遇刺的气球。

眼前站着雷神宽明。

小偷成了呆鸟。

我们一起看向眼前的这个人。只见他身材矮小，稍显驼背，眉浓而粗，面黑似漆，看我们的时候眼睛做微眯状，一种黑亮的光射得人脸发麻。如果再减去三十岁，他就是一尊贴在新年门板上的门神。

不知谁喊了一声，呆鸟一时警醒，就近射进了一片矮树林。

宽明也跳出了那种对峙。他折身跑向了村子。从村西头跑到村

东头,又从村东头跑到村西头,他跑着号叫着,跑得鸡飞狗跳的。整整一个下午,他把他遭打劫的消息散布到每一个角角落落。

我们在林子里躲到天黑后回村。脸自然破了,篮子早丢了,我们最后得到的是姐姐们清一色的耻笑。

我们后来在放学上学的路上再见那个影子就觉得更加害怕。倒是他,却来搭讪我们,问,你爷好吗?你奶好吗?你爹多久回一次家?你家的地是你娘一个人种?我们开始惧怕,后来竟成了不屑,我们不屑跟他啰嗦,于是我们脚步不变地前进,留下他在我们扬起的尘土里独自犯傻,自言自语。

因为那时正是冬天,树上又没结着果子。

宽明后来死了,据说他大清早起来去挑水,回屋放下水桶出门,就从门槛里栽到门槛外去了,从活人的门槛栽到死人的门槛里去了。

于是,我们曾伸出过兴奋的手指的果树下,鼓起了一个大大的土包,那是宽明的最后宿地。

那片孤独的庄宅彻底地荒芜了。荒芜了的地方,野草年年葳蕤,而桃花、杏花岁岁烂漫,再把谷穗似的果子悬坠在那片荒凉之上。

只是我们,再也没去偷过宽明家的果子。那是乡人的禁忌,活人不争死人的东西。

多年后我想,是我们,是宽明眼里近于天使的我们,给了那个可怜的老鳏夫一次在村人面前发言的机会,给了他一次宣泄不幸与孤独的机会,他其实早都在盼着我们去偷他那谷穗似的压弯了枝头的果子。只是他选择的方式稍有些不同罢了。

只是那时,我们没有能力,也没有精力去试图理解别的事情。就是这样啊。

彼 岸

○陆颖墨

要说这龙凤岛上的居民,海虎是老资格了。

海虎是一条军犬,纯种的德国黑贝。打从海军陆战队驻守龙凤岛以来,海虎就一直住在这里。一晃十年过去了,海虎老了。

驯犬员王海生是七年前上岛的。这龙凤岛在南中国海的南端,方圆不会超过两个足球场,四周都是白花花的珊瑚礁。那礁石像花一样绽放在海面,可每个海石花缝隙之间多是几十米深的海沟,谁要是一失足掉进去,出来的可能性几乎没有。这种情况下,都要靠海虎来当向导。

海虎退休的命令是一艘地方的船带上岛的。一同上岛的还有一条军犬训练基地毕业的年轻黑贝,名叫金刚。海生虽然心里有准备,但没想到上级的动作这么快。他赶紧找到守备队长,要求队长马上请示上级,把海虎再留下来一段时间,就当是超期服役。

队长一愣,马上笑着说:"扯淡,金刚不是上来了吗!再说海虎老了,眼睛花了,咱们陆战队巡逻还非得让一条老花眼的军犬领着?"

这回海生心虚了,这狗确实眼睛老花了,不过,他有招,回头叫了一声:"海虎同志。"

海虎马上跑了过来。海生说:"快去把视力表拿来。"海虎一溜烟不见了,不一会儿,叼来一张大家常见的视力表。

"你这是干什么?"队长纳闷了。

海生把视力表用饭粒粘在了椰子树上,让海虎在5米处坐好。他拿出一副眼镜,拴上橡皮筋给海虎戴上,像模像样地测起视力来了。

海虎戴上老花镜,像模像样地伸起前右爪上下左右地挥舞,等换到第五副眼镜时,它的视力达到了1.5。

海生转身问队长:"怎么样,你还能说它视力不行吗? 这叫'老狗伏枥,志在海疆;海虎暮年,壮心不已'。"

队长又好气又好笑,对海生说:"就让海虎在岛上再待一阵吧。让它带带金刚。"

海生惊喜地抱起海虎:"快亲队长一下。"

于是,礁盘上经常看到海虎领着金刚在熟悉地形。

船走了没两个星期就出了事,还真亏了海虎。是菲律宾来的三号台风惹的祸。台风来的时候,巨浪滔天,大雨瓢泼,一下把值班本子吹跑了。那值班本像个方轮胎朝海边滚去,等几名战士追到海边,值班本已滚到了海里。情况非常紧急,要知道不少国家的侦察船只经常在这片海域出没,这块肥肉要是落到他们手里,麻烦就大了。因为这时涨潮,太危险,没法行走,也没法游。就在这时,海虎一下子扑向海面,恰在此时,一个大浪打了过去。等它再从浪里出来时,行动有些迟缓。海生知道是海水把海虎的老花眼镜打模糊了,心一下子提了起来。但海虎没有让大家失望,它叼着值班本,凭着自己的感觉,又跳跃起来,很快回到了岸上。

第二天早上,海生发现海虎走路右后腿有些瘸,一看,右腿根部居然有个一寸左右的口子,而且红肿了。海生急了,要知道,虽然现在是初春,可岛上的温度却有四十多摄氏度,要是伤口处理不好,海虎会很危险。他赶紧从卫生员那里要来碘酒和消炎药。当碘酒涂上伤口时,海虎一阵惨叫。慌乱和剧痛中,海虎用前爪把海生推开,刚好抓到海生额头,划去了一块皮。不一会儿,鲜血顺着海生鼻梁流了下来。

因为岛上没有狂犬疫苗,上级很快派直升机把海生接走了。海生一走,海虎开始不吃不喝了。海生的战友们各自拿出自己珍藏的宝贝,有排骨罐头,有牛肉罐头,还有红烧肉罐头,一共十几种,放在海虎面前。但任凭香味环绕,海虎的鼻子没有丝毫反应。

从军用长途电话得知海虎已饿了三天,海生在医院里急得脸都白了,他偷偷溜到码头,到处打听有没有到龙凤岛的船只。第三天晚上,总算找到一只去金沙岛的水船。海生苦苦哀求,终于把船老大打动,同意多绕半天航程,把海生送到龙凤岛。两天后水船靠上龙凤岛码头,没等跳板摆好,海生就飞一样奔向海虎的住处。

犬舍里,队长和几名战士正摇着一动不动的海虎,队长用手在试它的鼻孔。海生冲过去扒开他们,大叫:"海虎!海虎!"

海虎缓缓睁开了眼睛,耳朵也慢慢竖了起来,它看到海生,眼珠子顿时闪亮起来。海虎抬起身,居然吃力地挣扎着站起来了,它没有停下,继续吃力地把自己的两条前腿抬起来张开,像人一样直立起来,一头扑在了海生的怀里。

海生紧紧地抱住它,眼泪止不住掉下来。他喃喃地说:"好海虎,想死我了,快吃东西吧……"

忽然,他停住了,感到海虎全身重量都压过来,他两只手没抱住,海虎整个身躯像泰山一样塌了下去。

舱　内

○陆颖墨

试验进行到四个半月的时候,将军来到了潜艇支队。

这是一次潜艇远航模拟试验,参加试验的官兵都在挑战生理和心理的极限。这艘远航的潜艇其实是一个模拟舱,50名官兵要在里面待满五个月。在已经试验的四个多月里,潜艇遇到了台风引起的涌浪,遇到了不可预测的暗流和礁石,甚至还遇到了敌方的攻击,艇长带着大家都闯过来了。

专家组从观察屏幕里看到,艇员们绝大部分时间是在面对寂寞和烦躁。他们还自办了《远航简报》,每期都以电报的方式传出来,最近的一期上居然有这样三篇小文章,是《怀念阳光》《梦中的月亮》和《在一片蓝天下》。专家们非常理解,阳光、月亮和蓝天已离他们非常遥远了。

将军在码头上一下车,就钻进了一艘新改装的潜艇。在艇员宿舍舱,他拍着狭小的吊床说:"潜艇一远航,潜艇兵要在这儿住上几个月,艰苦是难以想象的。"他回头对支队长说:"我是陆军出身,坦克经常坐,头一回钻进潜艇。刚才你还说我个子高大,怕进来难受,劝我不要进来。你看,不进来我能看到这些吗?"

支队长笑笑,说:"唉!再苦再累,我们这些搞潜艇的都习惯了。"

"你们是习惯了,可是好多人不仅不习惯,还不一定能理解呢。"将军说,"你们知道吗,两年前,全军部队伙食费调整时,有的部门还跟我提出来,说潜艇兵的伙食标准和飞行员的一样,是不是太高了。说实话,我当时还真犹豫了一下,想了想还是让他们上潜艇体验了一回出海。他们回来后向我汇报说,潜艇兵确实太艰苦了,那点伙食费根本就不高。"

一行人很快就进了试验大厅。从屏幕上,可以看到艇员们在各自的岗位上工作,他们丝毫不知道也不可能知道舱外有一群人在注视着他们。试验专家组组长王教授是海军著名的潜艇医学专家,他用简短通俗的语言汇报了潜艇远航不同阶段对官兵生理和心理的影响,汇报了专家组得出的初步结论,而且简要地介绍了下一步对艇员训练更加科学化、人性化的设想。

将军听着很新鲜,拿起艇员自办的《远航简报》翻了起来,碰巧看到上面有一首短诗,题目是《永远的黄桃》,再一看,内容是歌颂黄桃的。

他有些不解,问王教授:"黄桃? 这个兵怎么会对黄桃有这么深的感情——还'永远'?"

王教授还真没法回答这个问题。支队长想了想,说:"会不会这样,我们在远航的时候,主要是吃罐头,你要是吃上几个月,那罐头就咽不下去。还真是,我和这个作者,比较能接受的还就是黄桃罐头。"

将军想了想,对随行人员说:"计划改变一下,今天晚上我就住到这个模拟舱里去,和潜艇兵们好好聊聊,肯定还能摸到不少珍贵的第一手资料。"

大家都慌了神。将军这么大年龄,那么高个子,要在模拟舱中窝一夜,会非常难受的,而且按照训练计划,今晚潜艇要遇到涌浪,模拟舱要晃动起来,将军他能受得了吗? 如果出了事,这个责任谁也不敢负。支队长把情况向将军汇报了,坚决阻止他进舱。

将军认真地说:"你们这个试验搞得很好,对广大潜艇兵来说是件大好事。对我来说、对全军来说意义还不仅仅如此,我们还有不少战士在雪山上一待半年,在无人区一待几个月,还有野外生存,还有在山洞里待很长的时间,等等,这些官兵的生理和心理,我们都要好好地研究。你们说,我今天碰到这么好的机会,如果放弃,不是太可惜了吗?"

王教授张了张嘴,也就不再说什么了。这时,将军已做好准备,王教授用电报的形式通知艇长:"首长要进来,准备开舱。"

一分钟后,艇长回电:"请下达试验结束命令,否则不能开舱。"

支队长急了,又电:"是总部首长,上将。我命令你开舱。"

艇长很快回电:"我现在执行试验命令,任何违反试验规则的命令都是错误的命令,我拒绝执行。"

支队长一下不知道怎么办好,等在舱门口的将军说:"发电,立即打开舱门,如不执行命令,解除艇长职务。"

偏偏这时候,艇长回电:"我必须遵守试验纪律,没有试验停止的命令,我不会开舱。试验结束后,我愿意接受任何处理。"

支队长急得直冒汗,抓着头皮无奈地说:"下达试验结束命令吧。"

这时,将军说:"停止下达命令。"

他笑了,笑得非常灿烂:"试验比我想象的还要成功,我们的潜艇兵比我想象的还要勇敢,还要优秀! 我刚才是给他们出了道难题,我还真替他们捏把汗,真担心把他们难倒了。这样吧,我有个愿望,试验结束那一天,我还来,进舱内吃黄桃罐头。"

远　航

○陆颖墨

　　西昌舰要走了，是最后一次远航。

　　舰长肖海波下达了起航命令，西昌舰悄悄地驶离了海军博物馆的码头。它走得很沉重，似乎满腹心事。在舰桥上的肖海波看了看手表，已是凌晨两点。他朝左前方张望了一下，整个城市都熟睡了。父亲这时候真的已经睡着了吗？会不会从梦中惊醒？

　　父亲叫肖远，今年七十多岁了，是西昌舰的第一任舰长。三十多年前，国产的西昌号驱逐舰刚刚下水服役，就参加了那场著名的海战。激战中一颗炸弹在后甲板爆炸，引起高压锅炉管道着火和严重泄漏。两名水兵紧急维修时，头顶的一根横梁朝两名水兵砸了下来。肖远冲过去，用身体挡住了横梁。西昌舰得救了，肖远在医院躺了三个多月。以后的日子，只要西昌舰一起航，肖远受伤的腰部就会隐隐作痛。

　　昨天上午，在海军博物馆隆重举行了西昌舰退役仪式。选定这个温暖而晴朗的日子也是因为肖远，他在舰队医院已经住了一年多了，数不清的化疗和放疗，已经让他铁塔一样的身子虚弱不堪。

　　肖远从救护车上下来时，身穿海军中将军装，一帮医护人员带着各种抢救设备，用轮椅把他推上了甲板。西昌舰的每一位接任舰长跟在他的身后，依次走上军舰。现任舰队司令宣布西昌舰退役命令后，肖远缓缓地站立起来,依次对继任的 8 位西昌舰舰长点名。而后,老舰长用沙哑的嗓音讲起西昌舰执行的每一次艰巨的任务。老舰长不可能知道,这艘军舰也马上要离开博物馆,去执行最后一次任务。

肖海波已经被任命为新的西昌舰舰长,这是国产最新型导弹驱逐舰。新舰已经下水。最后一次试验成功后,就要服役。这个试验就是要验证舰上新型导弹的打击能力,如果仅用一枚导弹能击沉一艘驱逐舰,新西昌舰就合格了。而老西昌舰就是这次试验的靶舰。肖海波只有亲手击沉老舰,才能驾驶新舰进入人民海军的序列。

肖海波当然知道,过去,老西昌舰只要一起航,父亲腰部就会痛,所以他担心老西昌舰离开博物馆无法瞒住父亲。

西昌舰缓缓地沿着海湾航行,除了左边远处海岸边偶尔冒出的点点渔火和航标灯外,剩下都是漆黑一片,大海也仿佛睡着了。

肖海波回到舰长室,躺在铺上,刚睡着没几分钟,就莫名其妙地醒来。信号兵报告左侧海岸边山头有信号。

副舰长说:"是不是睡迷糊了? 这个山头上没有信号灯塔。"

肖海波也知道信号兵肯定弄错了,这段航道他太熟悉了,左边山头是……忽然他身子一激灵,跳了起来,赶紧拿起望远镜朝山顶看去。他马上呆住了。山顶上有一个小亭子,亭子里有几个人,父亲肖远坐在轮椅上,正用手电朝军舰发着信号,反复只有两个字:去哪?

父亲果然没有被瞒住,进口的镇痛药能镇住癌症病痛,却无法割断西昌舰对他的牵引。

肖海波马上对信号兵回信号:军舰要去远航,要去很远很远的地方,但只走很短很短的时间。

父亲似乎明白了什么,但依然不死心,又问:远航?

肖海波回答:是的。

父亲那边又问:为什么? 真是最后一次了吗?

肖海波回答：是最后一次，也是第一次。

父亲那边停了一会儿，又问：第一次什么时候？

肖海波回答：很快。但是军舰变年轻了，就像您当年第一次见它一样年轻。

父亲好一会儿没有回信号。军舰快要驶远了，肖海波命令放慢航速，再等待一会儿，终于父亲回了信号：我真羡慕它，能在轰轰烈烈中远航。

军舰渐渐远去，山上再也没有信号发出，肖海波这才发现自己刚刚读懂了父亲。这时，他在望远镜里惊讶地看到，父亲的眼角闪着亮光。这是他第一次看到父亲流泪。

一个月后，按照肖远的遗嘱，在我国最新型的导弹驱逐舰——西昌舰上为这位老舰长举行了海葬。

对一头驴的思念

○凌仕江

　　一位从青藏雪山哨所下来的老兵告诉我,因为一头毛驴的离去,几个哨兵哭得死去活来,几天咽不下一口饭菜。那时我已离开雪山,回到世俗的都市。起初,对此很是不以为然:生死攸关,除了泪水,还有什么方式能解救悲伤呢?

　　于是,老兵从容地讲起了这个故事——

　　当年我们把羊羔大小的毛驴从山下的村庄带到哨所时,它还不到半岁,对哨所的环境既陌生又恐惧,整天不吃不喝,我们几双眼睛瞪着它干着急。幸好,没隔几天我们哨所来了个北方兵叫树果。树果不仅会写诗,还懂得二人转和动物的生活习性。原本,他怀揣伟大梦想到哨所来当海拔最高的诗人,写出感动世界人民的诗句。可事与愿违,连他自己也没想到他当了放驴小子。奇怪的是,在树果独特的口技里,我们的毛驴一天天行如风,坐如钟。美妙的音律从树果嘴边溜出,好比温柔的按摩器。无论大家怎么用功地学,树果如何用心地教,几个南方兵都没掌握让毛驴动心的口技诀窍。唯有树果歪着嘴,婉转的口技声响起,毛驴跟腔的拖音便萦绕在雪山天地间……战友们羡慕树果,说他是神人。

　　毛驴与树果,每天正午从七公里外的冰河唱着二人转驮水归来。

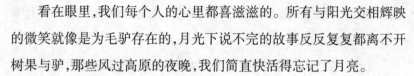

看在眼里，我们每个人的心里都喜滋滋的。所有与阳光交相辉映的微笑就像是为毛驴存在的，月光下说不完的故事反反复复都离不开树果与驴，那些风过高原的夜晚，我们简直快活得忘记了月亮。

可自从树果考到外边读军校，这一切都发生了变化。毛驴不再听从我们的使唤，成天不吃不喝，身体非常虚弱，还在驮水路上摔破了水车，然后一病不起。我们看在眼里，急在心里，却不敢对它动粗，只好给山外的树果写信，告诉他毛驴的坏脾气。哪知放驴小子回信告诉我们——思念是一种病，时间可以冲淡一切，但冲不淡毛驴对一个人的思念。他说力争暑假回来看毛驴。

当六月的最后一朵雪花从哨所的屋檐飘落，毛驴的生命已到尽头。哨兵们巡逻归来，它完全没有力气到门口迎接了。望着它悲伤的眼睛，我怕自己坚持不住，引发高原心脏病。我警告自己，作为一哨之长必须坚强起来。在这个远离连队集体的地方，必须得有一个人保持镇定来安慰一群悲痛的人——他们都是刚到哨所不久的新兵兄弟，他们对毛驴的感情比我更深。

就在树果风雪兼程赶回来的当天晚上，毛驴头朝山外，身向哨所，终于闭上了泪汪汪的眼睛。我们毫无思想准备，无法接受这样的结局，禁不住哭声一片。只有树果镇静自若。他要我们节哀顺变，还建议我们用自己的方式来祝福毛驴。

树果在烛光下告诉我们，毛驴之死，源于它与主人的感情过深，它太依恋一种声音和一种味道了，这叫绝爱。当思念成灾，就意味着爱的各种神经组织渐渐紊乱，长时间绝食导致它心脏功能快速衰竭，精神渐渐崩溃，现在该是它回到天堂的时候了。

第二天，我们请来了山下村庄里的藏族老人和孩子。他们是我们哨所最近的友邻。我们商量要为毛驴举行一个特别的葬礼。树果就地取材，为毛驴做了一个大大的雪糕，旁边燃起了一堆篝火。大家围

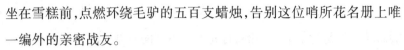

坐在雪糕前,点燃环绕毛驴的五百支蜡烛,告别这位哨所花名册上唯一编外的亲密战友。

边巴大叔吹灭了蜡烛,我切了一大块雪糕送到毛驴嘴边。夜风很冷,月亮落地,只剩下星星在天边静静地聆听。哨所里的新兵和老兵,每个人都讲了一堆和毛驴相依相偎的故事。只有树果什么也没讲,他默默地做了一张慰问卡。慰问卡里闪动着一枚红豆状的播放器,日日夜夜,高原风送出的全是一个人对一头毛驴的爱之声。

老兵讲到这里,我眼里早已盈满泪水。大玻璃窗外,是匆忙而过的人群,霓虹闪烁,谁也不认识谁。总之,我找不到恰如其分的理由安慰自己。望着对面一脸坚毅的老兵,我背过身调整自己的情绪。

在一个遥远又闭塞得不为人知的地方,人与动物拥有如此美好的感情,即使生离死别,也要选择庄重快乐的方式。

藏狼的智慧

○凌仕江

我怎么也没想到,他那么一大把年纪了,居然会同一个年轻人打赌:藏獒绝对没有狼厉害。

可是我看到的报道都宣称藏獒比狼厉害得多。

那纯属误会。一位老猎人,在大漠落日下,一边燃起柴火煮酥油茶,一边自信地对我说。大漠的一侧是多吉原始森林,森林之上是茫茫雪峰,雪峰的背面就是印度。如今,猎人已丢枪多年,成了多吉森林的护林员。

我说,不对,绝对不可能啊。怎么电视上告诉人们的都是狼斗不过藏獒呢?

我可没看过电视,也不知道电视是个什么东西。老猎人不屑的样子让我想起美国"反电视协会"成员的面孔。我只见过比藏獒厉害的狼,沙漠和森林交界地方出没的狼。他的手,指向柴烟飘过的那道交界线。那是我同你差不多年轻的时候啦……老猎人舒展胸膛,仰起头,将三口才能喝完的一碗酥油茶一口咽下,好像一下子恢复了当年骄傲的神气。

你看过老狼带着小狼过冰河吗?

我用书本上学来的知识胡乱地应付他:当然看过,老狼一般都会把小狼叼在嘴里。

如果是一群小狼，老狼还会一只只地叼在嘴里过冰河吗？

我没多想，只肯定地点了点头。

你错了。你要知道在任何时候，狼的心情都比藏獒急切，而且它对待自己的子女比藏獒以及很多其他动物更具责任心，它更懂得野外生存的不易。如果有一群小狼，老狼绝不会一只只叼在嘴里带过冰河去，因为它怕在冰河里游的时候，留在岸边的子女会发生意外。那次我毫不费力地捡回了一只野驴。那是母狼伙同一只公狼活活咬死的野驴。母狼把野驴的胃吹足了气，再用细密的牙齿牢牢缝住创口，让它胀鼓鼓好似一个皮筏。它把五只小狼全部托运在上面，借着那"皮筏"的浮力，就这样全家安全地渡过了正在解冻的冰河。

我惊讶，这雪域高原竟有这么厉害的狼啊？

这只能算聪明的狼。智慧的狼在后面。老猎人胸有成竹地说。有一次，我遇到一只带着四只小崽的母狼，浑身雪白。它跑得不快，因为要照顾跟在身后的小狼。我和狼的距离渐渐缩短，狼妈妈转头向一座巨大的沙丘跑去。我很吃惊。通常狼在危急时，会在草木茂盛处兜圈子，借复杂地形，迷惑猎人的眼睛，然后伺机脱逃。而人一旦跑上坡顶，就一览无余，狼虽然跑得快，也跑不出人的视野。我想，这毕竟是猎人惯常的经验。

这是一只奇怪的狼，也许它真是昏了头。我这样想着，一步一滑，跑上了高高的沙丘。果然看得十分清楚，狼飞快逃出了我的射程。当时顾不得多想，就拼命追下去。那是我生平见过的跑得最快的一只狼，不知它从哪里爆发出来的那么大的力气，就像贴着地平线的一支黑箭。到太阳下山，它真的消失在了蓝色地平线上，累得我几乎吐了血。

我向着白狼消失的地方愤怒地开了几下空枪，气呼呼地往回走，一边走一边想，这真是一只不可思议的狼，它为什么如此厉害呢？莫

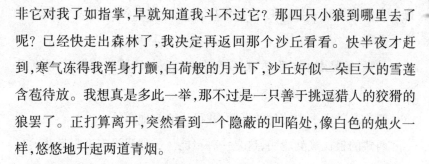

非它对我了如指掌，早就知道我斗不过它？那四只小狼到哪里去了呢？已经快走出森林了，我决定再返回那个沙丘看看。快半夜才赶到，寒气冻得我浑身打颤，白荷般的月光下，沙丘好似一朵巨大的雪莲含苞待放。我想真是多此一举，那不过是一只善于挑逗猎人的狡猾的狼罢了。正打算离开，突然看到一个隐蔽的凹陷处，像白色的烛火一样，悠悠地升起两道青烟。

我跑过去，看到一大堆野驴粪，白气正从中冒出来。我轻轻扒开，你猜我看到什么了？白天失踪的四只小狼，正在温暖的驴粪下均匀地呼吸，做着离开妈妈后的第一个有点不习惯的梦（我的表情无比惊讶，但我不忍心打断老猎人的精彩讲述）。地上有狼的脚印，白狼实在是太聪明了，完全超越了人类的机智，就连那些脚印也成了一种伪装的秘密武器。为了延迟我的速度，它全是倒着走的，那活儿干得极为精巧，大白天居然瞒过了我这个有着几十年捕猎经验的老猎人的眼睛。

那一刻，我羞愧得无地自容，很快便想出一个反败为胜的办法。

如果我躲在附近的树上，一定能再次发现那只白母狼，到那时，我相信它走投无路，一定会死得很惨。可是眼看着那四只熟睡的狼崽从鼻孔里喷出的热气，不知为何，那一刻我竟然丢下手里的枪，双脚发软，扑通一声跪在了它们面前。我选择了放弃。

放弃？你怎么能放弃？你是猎人，猎人时刻渴望着收获。我最想知道当时你被白狼骗了之后怎么不报复，而且你付出那么多才遇上那么好的机会，你怎么就轻易想到放弃？这不太可能吧？

年轻人，假如灾难突然降临的时候，你能有这只白狼的智慧保护你和你的亲人吗？我想，至少我不能。只可惜我年岁大了才明白这样的道理啊，我应该感谢白狼，是它教会了我。当然，使我改变想法的主要原因是那四只小狼崽，如果不是我的出现，它们会在一个熟悉的地方和妈妈一起睡得更香更甜。看到它们，我的心境变得尤其复杂，白狼作为母亲为孩子付出的艰辛努力,让我忏悔至今。所以,我万万下不了手啊。

月亮,像是围上了哈达,在夜空中变幻成一座朦胧的佛影,渐渐升高,升到我想象力无法到达的地方……

望着老猎人手中转动的经筒,我已无心与他辩论。

西藏的狼比藏獒聪明,这是一种可能。虽然我没有亲眼目睹狼与藏獒的搏斗,但我看见过人类把藏獒训练得如蠢蠢的狗——生活安逸的狗,衣食无忧的狗,牛高马大的狗,貌似尊贵的狗,缺乏精神和灵魂的狗,好吃懒做的狗。而如果把一只狼交给一个人驯服,这其实是一件十分为难的事情。狼,只可能生活在远离人群的地方,储思积忧。单条的藏獒绝对打不过单只的狼,这就是老猎人告诉我的,他用心生活得出的结论。

达拉的墓碑

○凌仕江

一块墓碑。

在荒原与雪山之间。

后边,是一棵孤独的树。

墓碑上写道:达拉之墓。

达拉是谁?在通往墨脱的边地察隅旅行,我为墓碑上的名字停了下来。几个红字就像滴血的眼睛深深地凝望着你,让人无法抽身而去。微凉的阳光从树枝间冷冷地砸到青岩石的墓碑上,一阵寒意顿时从头顶蔓延到脚尖。

坐下来,坐在风的怀抱里。不经意间转过身,看到墓碑后面还有一排排细小的文字,原来,达拉不是一个人,而是一匹马。

一匹在恶战中救了一位年轻人性命的马。

1999 年,有两个步行去墨脱探险的年轻人行至这里,路越走越窄,几乎到了山穷水尽的地步。更为惊险的是,山上的积雪不断融化,流淌在狭窄的山路上,行人稍不留神就会滑落到深深的山谷。两个年轻人只好卸下肩上的行李,愁眉不展地坐下稍事休息。就在这时,不知从哪里钻出一条大蟒蛇,像猛虎捕食一般向他们袭来。尽管他们打着八路军式的绑腿,尽管他们用专业的探险装备把自己包裹得严严实实,但埋伏已久的蟒蛇依然所向披靡,一往无前地缠住了其中一个人的身体。他尖叫了一声,就再也说不出话来。这条蟒蛇足有碗口粗,它就是要将人活活缠死,然后一口吞下肚。

很快那个被蟒蛇缠住的年轻人便趴下了。另一个人吓得不停呼喊:救命! 救命呀!

这时,山下的牧马人闻声赶来。他见状大声惊呼:快,快,抬石头去砸蟒蛇! 坐在地上的人慌忙起身,颤抖着双手和牧马人一起抬起一块沉重的石头,狠狠地向蟒蛇的头部砸去。蟒蛇将头猛地一缩,尾巴绕出几个麻花圈,像一根有力的牧鞭甩出一记脆响,两人顿时被铲到了几米之外,当场晕厥……

就在那个年轻人即将被蟒蛇吞掉的一瞬间,这匹名叫达拉的马出现了。它将右前蹄伸入蟒蛇的嘴里,还死命地往蟒蛇的咽喉里钻! 鲜血从蟒蛇的眼睛、脖子、肚皮上不停地涌出来,被困者获救了。

达拉作为这块土地上的"土著居民",像素质过硬的特种兵一样,成功地痛击"入侵者",让蟒蛇伤痕累累。一场苦战之后,不知为何,达拉转身的一刹那,忽地摔下悬崖,掉进滚滚河水中,当即殒命。

三个人,呆在那里,直到天黑也没离去。他们决定,要在此地,为马立碑。

我伫立在一匹马的墓碑前,默然地读着这些碑文背后的惊心动魄,心里很不平静。在墓碑前流连一个下午之后,我穿过灌木和荒草,沿着马车轧过的小路,找到了那个牧马人。当时,他正手持注射器,给生病的小马驹打针。

谈谈你的马吧——那死去的达拉。

达拉其实是一匹很不合群的野马。老牧人充满感情地介绍,我看见它在草地上游荡,时而隐身,时而出现,就看出了它的心事,它很想加入我们的队伍。我考虑了多日,终于说服我的马群接纳了它。起

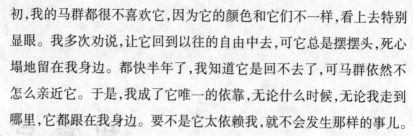

初，我的马群都很不喜欢它，因为它的颜色和它们不一样，看上去特别显眼。我多次劝说，让它回到以往的自由中去，可它总是摆摆头，死心塌地留在我身边。都快半年了，我知道它是回不去了，可马群依然不怎么亲近它。于是，我成了它唯一的依靠，无论什么时候，无论我走到哪里，它都跟在我身边。要不是它太依赖我，就不会发生那样的事儿。

老牧人的话，越来越沉重。他仰望苍穹，甩甩头，一脸苦涩、遗憾，达拉并没有带走他的爱……

知 青 点

〇刘立勤

  放学的时候,我们最喜欢到小河里玩儿。那时的小河是很美的,有婆娑的垂柳,有绿莹莹的苔藓,有半截在水里半截裸露水面的石头,还有那在石头和苔藓间游来游去自由自在的鱼儿。放学的铃声一响,我们就"扑腾腾"地赶到了河边。

  河边有很多的快乐。我们喜欢折下一节柳枝做成柳笛,吹出老师刚刚教唱的新歌;我们喜欢逮鱼,把鱼儿穿在做过柳笛的白白的柳枝上招摇呐喊;我们喜欢把河水引到河边的泥地上,做一架小小的水车,让水带动水车飞转。飞转的水车就带着我们的欢笑,伴随着清凌凌的河水肆意地流淌。

  河里不仅流淌着我们的笑声,河里还隐藏着一个最大的最秘密的快乐,那是属于我一个人的快乐。那就是徐扬。可以说,我每次放学时那么急切地赶往河边,就是为了去看徐扬。

  徐扬无疑是一个女孩,而且是一个城里的女孩。黄毛说城里的女孩都漂亮,鼻子是鼻子眼睛是眼睛的,勾人呢。而徐扬就更漂亮了,是知青里最漂亮的姑娘,能勾人魂呢。

  而徐扬呢,最喜欢的地方就是河边了。徐扬爱干净,知青点就安排徐扬做饭。我想徐扬做的饭一定是非常的香甜。我经常看见徐扬往返于厨房和小河之间,洗菜,洗米,洗餐具,洗得干干净净的。就连那生火用的火剪,她也要洗得闪闪发光。我想,徐扬做出的饭,该是多么香甜呀。洗完了厨房的东西,徐扬就洗衣服。徐扬的衣服不多,可是她天天都洗,衣服永远都是那么洁净得体。徐扬还喜欢在河里洗头发,乌黑发亮的头发在她手指尖欢快地跳跃,像疏影,如轻烟,似水雾,流淌的全是美丽。

我喜欢看徐扬在河边戏水的神情。徐扬休闲的时间喜欢一个人来到河边,坐在河边的青石上看水里的倒影,数水里的鱼儿。鱼儿多得数不清了,她就会一遍一遍地洗那手,白净粉红的手指就在水波里翻飞,逗引得水里的鱼儿也上下地翻飞。那会儿我想,我要是一个鱼儿该多好呀。可是,我不是鱼儿!我期盼着她手边的手绢能让水波卷走就好了。如果让水波卷走了,我就会跑过去,捞起来,送给她,她一定会高兴对我甜甜地笑。她的笑真的是太美了,我常常梦见她对我笑呢。手绢如我所愿,真的让水波卷走了,可是黄毛他们却猛地扑过去,一把抢过来,递给了徐扬。我才知道,牵挂徐扬的人不止我一个人。

牵挂徐扬的人真的很多,我发现和我一起在河边游戏的孩子心思都在徐扬那里。再细心地观察,我发现村里人都喜欢她,不光是男人,就连女人也喜欢看她。知青点的那些小伙子近水楼台,收了工就厮跟着徐扬,陪着徐扬洗衣服,陪着徐扬洗手,陪着徐扬洗头发。后来,连村子的那些姑娘、小伙子也学起了徐扬,讲究得不得了,不仅头发光溜了,脸面光溜了,还把破旧的衣服收拾得干干净净,寻思着到知青点里走一回。不过,他们谁也没有去过,大队长不准村里的小伙子们去。小伙子的眼睛只好从院外树林深处,穿过树林,翻过院墙,随着知青点厨房上的炊烟聚起来,又散开去,让思念弥漫在心头。

我们小孩子就自由得多了,可以自由地进入知青点。知青点里很洁净,我循着香味就找到了她的房子。目光钻进门缝就看见了她那清雅的小屋,看见她在窗前读书,她读书时娴静得就像花朵上的露珠,优美得让人不忍心打扰。不读书了,她就冲着窗户眺望远方,散淡的神情犹如天边的游云悠闲而自在。有时候她也会唱歌,唱《莫斯科郊外的晚上》,唱《三套车》,也悄声唱哥呀妹呀的陕北民歌。于是,出了知青点的院子,我就大声歌唱刚刚学来的歌,渲染内心的幸福。

去得多了,我发现了一个秘密,知青点的小伙子也进不了她的门,只有一个戴眼镜的小伙子与她关系特别。"眼镜"经常去找徐扬,没人的时候他就去了。每次去时,他都收拾得干干净净,去了不是看书,就是拉家常,有时候也一起唱歌,他们在一起很热闹也很快乐,把人眼气得不得了。眼气到最后,我拾起一块石头砸坏了"眼镜"的窗户玻璃,反身就跑了。这以后,我再也没有去过知青点,我也远离了河边。

后来的一天,娘极度悲伤地说徐扬死了,说是自杀。娘还说,"眼镜"为了上大学,就把徐扬献给了公社的麻主任了。徐扬那么热爱干净的女孩,怎么会屈从呢。然后,徐扬就洗了头,净了身,换了一身干干净净的衣服,到知青点后面几乎没人去的白桦林里自杀了。我听后,心疼得像是油煎。

多少年后,当我在一个庄重的场合再次见到如同长者的"眼镜"时,心里顿生那种油煎的感觉。我不知道他为什么会活得如此自在,我把一口浓痰吐在那张脸上,然后扬长而去。

看 电 影

○刘立勤

日子真难熬呀，一锄头一锄头地锄，身后的草已经倒伏了一大片了，老阳儿还是吊在空中一动不动。老阳儿也真的厉害，晒得包谷叶子卷成了卷儿，晒得刚锄倒的杂草立马就冒出了烟，晒得小伙子心里像是着了火。很想躲在地边的树荫里凉快一会儿，该死的知了又像是死了娘一样大声地号叫。日子难熬，包谷地里就弥漫着一种情绪，真想撂了锄头回家睡大觉。

晚上后湾村有电影，加把劲儿，把这块地锄完我们就收工。

队长像摸准了小伙子的脾气，喊完一句话，知了的声音没了，抱怨也没了，就听地里的声音欢快了起来。嚓嚓嚓，包谷行间的草没了，包谷秸秆的根部立即隆起一个圆圆的土堆。土堆不仅给了包谷站立的力量，而且还凝聚了足够的水分，到了秋天，一定会结出一个粗壮的包谷棒子。

包谷棒子是久远的事情，着急的还是晚上的电影。多长时间没有看电影了？一个月，两个月？已经记不清了，反正已经很久了。记得上次看电影麦子还没有黄呢，现在呢，麦子归仓了，包谷也长出了红胡子，转眼就该是秋收的时候了，早就该看场电影了。小伙子知道队长是个阎王，干不完是放不了工的，放不了工就看不成电影，那就加把劲儿吧。嚓嚓嚓，包谷一行行往后退；嚓嚓嚓，老阳儿一步步往前走。有了盼头饭都可以不吃，活儿就跑得飞快，老阳儿还没有落山呢，地里的活儿就干完了。不等队长吆喝，小伙子扯起腿就跑了。

小伙子谁不喜欢看电影呢？电影里的男人，那才是男人呢，身边总有女人围着；电影里的女人，更是生得像狐狸精一样勾人魂，谁不喜欢？再说了，平日里总是忙，事情一桩接一桩，忙得鬼吹火一样，根本就没有闲暇出门。只有到看电影的时候了，十里八乡的姑娘小伙子才聚在一起，东瞅瞅西望望，眼珠子那么一转，彼此钟情悦意。来年的春天，请个媒婆子上门，一桩姻缘就结下了。于是，哪里放电影了，年轻人不管五里十里二十里，没远没近地跑，反正年轻，反正有的是力气。

那就看电影吧。

电影是在打麦场上，两根木柱子扯开一张银幕，一片人就在打麦场上昂着头看电影里的人在银幕里忙活。只有年轻人不安分，围着场子转悠。找见了是一片欢喜，找不见了就是一声叹息。小伙子围着场子转了三圈了，还没有找到自己要找的姑娘，真是急死人。想起上次看电影是在前湾呢，放的是什么片子已经记不得了，只记得姑娘那深深的酒窝，记得那条长长的黑辫子。躲在场子外面的暗影里说了半天的话来，还不知道姑娘叫什么。鼓起勇气问一声呢，姑娘说，等下一次吧。下一次是什么时候呢？小伙子只有等。

终于等到了下一次了，可那姑娘还没有来，小伙子快急死了。同行的伙伴建议他安心看电影，继续等那个姑娘到来。小伙子哪有心思。都看几十几遍了，背都背过了。那就不看了，那继续去找那姑娘吧。

那姑娘还是没有来，小伙子找了三圈了。咋没有来呢？是不是家里有什么事情？是不是相中了另外的小伙子？小伙子没底了，一遍又一遍到路上去看。还是没有来。仰望星空，天河似乎变窄了，牛郎都快过河会见织女了，你咋还不来呢？再不来了我就……就什么呢？

还就继续等吧。小伙子发现等人是那样的无奈,那样的熬煎人,比在地里等天黑还要烦人,比上次回家等下次的电影还要漫长。不知道等了多长时间了,可如果她来得太迟的话,这次的电影就白看了。电影白看了是小事情,可人不能白等了。小伙子想到这里就打算去迎接那姑娘,就是接到她家里也要接到她。

哎呀!她终于来了。就在小伙子准备出发迎接的时候,她终于来了。小伙子心里的烦躁和不安立马就烟消云散了。那姑娘比他多走了十里路呀,那可不是闹着玩儿的。小伙子的心一下子就明亮了。陪着她来到场外的阴影下,心里一直"扑通扑通"地跳,满肚子的话也在心里"扑通"跳,可就是说不出口。说不出口也没有关系,只要相互喜欢,不说话心里也是甜的。

那姑娘真的来得太迟了,在一起连名字都没有顾上问呢,电影就散场了,他真担心还有没有下一次。小伙子跳起来想骂人,姑娘一把拉住他,急急地说,我叫菱花,你中秋节找人来提亲吧。菱花说罢,扭着屁股就走了。待他醒悟过来,菱花已经走远了。望望那越来越远的身影,焦急了几个月的小伙子终于笑了。想起刚刚散场的电影,真他妈好看呀。电影真的好看。那么,下一场电影到什么时候放呢?小伙子不知道。

他想,要是明天就好了。

末了,他又想,要是天天放电影就更好了。

麦子黄了

○刘立勤

时令进了二月，杏子的红花落地化为春泥，我们就急切地盼望麦子黄。那时节，田野里是一片金黄，迎面是扑鼻的麦香，村子里是欢声笑语。这才是一年四季中最美的日子呀，谁不喜欢呢？

这时，我们更加关注田里的麦子了。麦子长，杏子也在长，麦子黄的时候，杏子也就黄了。那么，麦子怀胎了，麦子扬花了，杏子会是什么样子呢？我们又来到山上，不用上树，就看见枝头结满了杏子。杏子是翠绿的，和叶子一样的颜色，表面还生出许多的黑点点。难道杏子的青春期也有满脸的痘痘吗？我不明白。不过这时候的杏子可以吃了。就是酸，酸得倒牙。我们不怕，可劲儿地吃。我发现邻家的新媳妇儿也喜欢吃，给她一把，她吃得那个香啊，好像是几辈子没有吃过饭似的。我把邻家媳妇儿的事告诉娘，娘说邻家的媳妇儿害喜（怀孕）了。娘又说，酸儿子，辣女子，邻家的媳妇儿一定会生个儿子。我不明白吃杏子为什么会生儿子。不过那年的秋天，邻家的媳妇儿真的生下一个儿子。

麦子终于黄了。午睡的时候，我和二傻偷偷地爬上山，远远地就看见枝头的杏子也黄了。金黄金黄的，和麦子的颜色一样。不一样的是麦子的头顶上有扎人的麦芒，而杏子的脸上是红红的娇艳，就像梅子的脸,好看又馋人。刚想到这里,怕二傻看透了我的心事,回头看一眼二傻,二傻正高兴地笑着。二傻笑着说:"好看吧,像不像梅子?勾人魂呢。"我没有想到二傻也喜欢梅子,就急忙爬上树,去摘杏子。经过春天和初夏的采摘,枝头的杏子已经不多了。我想摘几个最好的杏子,晚上好送给像杏子一样美丽的梅子。

可是,当我夜里揣着杏子赶到梅子家门外的小河边时,发现二傻已经在那里。梅子靠着河边的柳树吃着二傻给她的杏子,二傻可劲儿地渲染摘杏子的艰难,吹得神乎其神的,好像杏子金贵得像《西游记》里的人参果一般。真想走上去戳穿二傻的把戏,但我咬着牙忍住了。很快,梅子吃完了杏子。二傻又拾起杏核,假模假样地把它们种进梅子家的地里,说是五年之后,梅子就可以在门口吃到自己种下的杏子了。听着二傻醉酒一般的话,我决定第二天就把那杏核挖出来,让梅子永远吃不上他种下的杏子。

遗憾的是,那一年的暑假我就离开了那个小山村,去了爸爸当兵的那座城市。在那里读中学,上大学,工作,结婚又离婚。我常常回想起河里的鱼儿、地里的麦子、树枝上的黄杏子。我也常常想起会吹牛的二傻,想起长得像杏子一样迷人的梅子。尽管我一直没有和他们联系过,可我知道二傻和梅子都没有考上大学,二傻终于娶了梅子,小日子过得美气得不得了。

今年的麦黄季节,我终于又回到了阔别了十五年的故乡。故乡变化太大了,我虽然看见了老家那金色的麦浪,却不见了少年时的那片杏子林。回想那美丽的杏子,我想看看常常想起的如同杏子一般美丽的梅子,还有那和我一起摘杏子的傻乎乎的二傻。梅子更加迷人了,二傻还是傻乎乎的,傻得请了十五天假,花了近千元的路费,回家收那不足一亩的麦子。因此,当梅子唠叨他不会算账过日子时,我也补了一句:"这么远,真的不划算哪。"

二傻说:"值得呢,我不光收麦子,还要摘杏子呢。"

哪里来的杏子呢?

我随着二傻来到河边,真的有一株粗壮的杏子树。树叶茂密,金黄金黄的杏子顶着一脸红颜,像极了少年时的梅子,勾人的魂呢。

二傻说,这就是当年我俩摘下的杏子种下的树,十年前就挂果了。二傻还说,十年了,每到杏子黄了的时候,无论在哪里,他都要赶回来给梅子摘杏子。

二傻说罢,看着那树杏子傻乎乎地笑了,笑得很甜,笑得也很幸福。

红 灯 照

○江岸

我们黄泥湾有一个说法:没过十二岁的小娃子常常能看见大人看
不见的东西。村里不少小娃子都撞过鬼,述说起来让大人毛骨悚然,
脊梁沟子发凉。老山爷的孙子小木子虽然没有撞过鬼,却独具慧眼。

小木子七岁多的一天夜晚,老山爷从大队开会回来,一进门,守候
在门口的小木子就扑过去,让爷爷抱抱。小木子摸摸老山爷的头顶,
突然清脆地问,爷爷,你头上的灯呢?

灯,什么灯? 老山爷听糊涂了。

没有灯,你头上什么东西发亮呢? 小木子问。

老山爷是生产队长,经常到大队开会,赶夜路是家常便饭。是不
是萤火虫落在头上了? 老山爷摸摸自己光溜溜的头顶,啥也没摸到。

小木子说,爷爷,我看见你头上有盏灯。

是吗? 老山爷惊讶地问。

我刚才看见有盏灯向我们家走来,走近了,才看见是你。小木子
说。

我头上有盏灯? 怎么可能呢? 他用嘴唇试试小木子的额头,小木
子并不发烧。可小木子怎么说胡话呢?

爷爷,我不骗你,你真有灯。小木子着急了。

老山爷狐疑地看着小木子。他隐约记得,小时候听老辈儿人讲过,德行高尚的人到了一定时候,头顶上就会升起一盏红灯,驱散迷雾,照亮黑夜,鬼神不侵,百兽回避。可这几十年来,何曾听说过谁的头顶上真的有盏灯呢?难道这事儿应验到自己头上了吗?回首半个多世纪以来的人生历程,自己确凿没做过一件亏心事儿。想到这里,老山爷又摸了摸自己的光头,呵呵笑了。

从那以后,只要老山爷夜晚从外面回来,都要问问小木子,他头上还有没有灯。小木子总是一本正经地作答。这一问一答成了祖孙俩的例行公事。问过了,答过了,老山爷总是哈哈大笑,乐开了怀。

一天夜晚,老山爷回来了,没有招呼门口的小木子,径直向屋里走。小木子大声地喊了一声"爷爷"。老山爷站住了,顺势抱住了追过来的小木子。

乖孙子,爷爷头上还有灯吗?老山爷敷衍地问。

爷爷,你头上的灯没有以前亮了。小木子说。

老山爷猛地愣住了。今天在大队开会,大队让各生产队报水稻产量,要求大家放卫星。各生产队竞相放卫星,有的都放到亩产六千斤了,老山爷仍是不吱声。大队支书点他的将,让他报报黄泥湾的产量。老山爷咬咬牙,红着脸报了亩产一千斤。这个数字引起大家哄堂大笑。支书笑骂道,您这个老先进今天怎么啦,成了小脚女人?老山爷瓮声瓮气地说,我要能达到一千斤,笑也要笑死了,还能报多少?你们都没种过庄稼?说得大家哑口无言。老山爷愣愣地盯着小木子,像看着一个从不认识的人。自己这把老骨头快活到六十岁了,破天荒第一次说假话,自己头上的灯就暗淡了?这么说来,小木子的话难道是真的?

来年春天,青黄不接,不少生产队断炊,好几个地方都饿死了人。只有黄泥湾生产队因上缴余粮较少,才勉强撑到麦熟。

　　老山爷的老伴死得早，打了好多年光棍。他也想续娶个女人，可一直没有合适的。这年冬天，村里老胡死了，撇下了老婆。老胡的老婆刚五十出头，和老山爷挺般配。老胡的周年一过，媒人一牵线，两边都同意了。只待正式结婚，两人就可圆房。老山爷性急，暗想，寡妇迟早是自己的人，何不早些将生米煮成熟饭？趁人不注意，他悄悄摸进寡妇的家，也不管寡妇愿不愿意，把寡妇睡了。

　　老山爷要和寡妇登记结婚，笑眯眯地到大队开证明。支书严厉地批评了他。支书恼火地说，老队长，让我说你什么好呢？你的阶级立场到哪儿去了？亏你还是个老干部呢。

　　老山爷头皮一麻，想起来了。老胡是地主分子，他老婆是地主婆，自己怎么睡到阶级敌人的床上去了呢？老山爷的头无力地耷拉下来。

　　支书说，你要和地主婆结婚，我们可以同意，但要撤销你的生产队长职务，召开你的批斗会；你不和地主婆结婚，大队就要召开她的批斗会，好好批斗一下用美色拉拢革命干部的地主婆。你自己选择吧。

　　沉默良久，老山爷抬起头来，眼里噙满泪花。他嗫嚅着说，我坚决和她划清界限。

　　老山爷害了大病似的，慢腾腾地回了家。小木子见了他，站着没动，诧异地问，爷爷，你头上的那盏灯呢？

　　老山爷喃喃地说，爷爷头上没灯了，爷爷的那盏灯熄了。

爷爷的心愿

○江岸

爷爷是我们黄泥湾的老寿星,他到底没能熬过这个冬天,在一个北风呼啸的傍晚溘然长逝。爷爷死了,散尽光泽的眼睛却令人骇异地圆睁着。我们家三代单传,我是爷爷唯一的孙子。大家都说,我年过三十,还没有娶妻,爷爷放心不下呀。

其实,我心里明白爷爷闭不上眼睛的原因。

跪在爷爷的灵堂里,我泪雨如飞,脑海里一遍遍回荡着爷爷死前的那个夜晚对我说的话。爷爷喘着粗气说,你一定要睡了她。

爷爷让我睡的女孩,是我的学生陶依依。

读完研究生以后,我应聘到一所大学教书。在我教的班级里,有几个来自台湾和香港的学生。令人惊讶的是,其中一个名叫陶依依的台湾女生,和我同籍,我们都是豫南殷城县黄泥湾人。她太爷是黄泥湾大地主陶幼波,被镇压了,她爷爷是太爷最小的儿子,在外读书,逃到了台湾,留下了她们这一支。听说和我同籍,依依高兴得跳起来,抱着我转了好几圈儿。他乡遇老乡,我也情不自禁地开怀大笑起来。从那以后,依依有事儿没事儿都要找我。听说我要回老家黄泥湾过春节,依依台湾也不回了,要和我一起探访故里。我答应了。

我郑重其事地把陶依依介绍给了家人。虽然我再三强调依依是我的学生,爹娘和爷爷还是高兴得合不拢嘴。

不过,依依也不是外人,我补充介绍着,这儿是依依的祖籍,依依的太爷就是解放前的大财主陶幼波。

爹娘一时间愣住了,满脸的笑容僵在了脸上。

爷爷混浊多年的瞳仁却陡然亮了一下。

怎么了?我被这尴尬场面压抑得透不过气来。

爹娘很快恢复了笑脸,娘还拉着依依的手说,闺女呀,欢迎你回来。

晚上,我要去睡觉,却被爷爷叫到了他的房间。爷爷目光灼灼地盯着我,干脆地说,乖孙子,去睡了她。

爷爷怎么变得这样开通了?曾几何时,爷爷还强烈反对我和女友同居,狠狠拧过我的耳朵呢。

大三那年寒假,我携女友兴冲冲回到黄泥湾。娘在不同的房间给我俩分别准备了干净床铺。睡到下半夜,女友溜到我的房间,钻进我的被窝。黄泥湾毕竟不是城市,我有些心虚,怕爹娘责骂我轻浮,爹娘却装聋作哑,仿佛一点儿蛛丝马迹都未察觉。爷爷却蹦出来,强烈反对。

王八羔子,你们结婚了?爷爷拧着我的耳朵问。

谁说我们要结婚?我挣脱了爷爷青筋毕现的大手。

那就敢住到一起?

周瑜打黄盖,愿打愿挨。

你们真不要脸,给我滚。

其实,我和女友返校不久就分手了,因为性格原因,我们以后只做普通朋友。我和女友都很坦然,这样的事情在大学校园里再正常不过了。谁要是因为和别人睡了一次,就要死乞白赖地在人家那棵树上吊死,那才真是脑子进水了。我感到我们和爷爷的代沟恐怕要深过世界上任何一条峡谷和海沟,要想和爷爷解释清楚这些事情,简直比登天还难。

我快三十岁的人啦,还没有找好另一半。每次我形单影只地回到黄泥湾,不唯爹娘失望,爷爷也高兴不起来。爷爷总是一遍遍问我,又是你自己吗?没带媳妇儿回来吗?我想,爷爷想添个重孙大概想疯了吧,居然让我去睡陶依依。

我只得憋着笑,对爷爷说,人家又不是您孙子媳妇儿,我怎么睡她?

我知道她不是,爷爷喘着粗气说,但是,你一定要睡了她。

为什么?我不解地问。

沉吟良久,爷爷向我痛述了凄惨家史:我小姑奶奶在陶家做丫头,十五岁那年,被陶幼波糟蹋了,投水自尽。我太爷临终前留下遗嘱,让我们家男人一定要睡一回陶家女人。解放后,陶家人死的死,逃的逃,爷爷和爹都没有机会。

爷爷说,我一个快死的人,心愿难了,不敢去见你太爷。这下好了,陶家女人送上门来了。乖孙子,你一定要睡了她,也让爷爷死无牵挂啊。

听了爷爷的话,我哭笑不得,无言地低垂着头,躲避着爷爷咄咄逼人的目光。沉默像暴风雨前的乌云,在我们祖孙俩中间越积越厚。爷爷终于不再看我,发出一声声低啸的北风一样的叹息。风烛残年的爷爷,受不了失望的打击,第二天就死了。死了以后,爷爷久久不肯闭上阅尽人间沧桑的眼睛。

跪在爷爷的灵位前,我泣不成声,犹豫再三,违心地对爷爷说,爷爷您放心地去吧,回到学校,我就睡了她。

我听见吧嗒一声轻响,这声音猛烈撞击着我的五脏六腑。我知道,爷爷的眼睛闭上了。

送　老

○江岸

　　黄泥湾人衡量一个人这辈子活得值不值，一个重要的标准就是看死的时候是否有儿子在身边，有几个儿子在身边。儿子在身边，就是送老了，有儿子却没有儿子送老，在黄泥湾人眼里，和没有儿子的鳏寡孤独没啥两样，甚至更凄凉。人家没儿子，没办法，你呢，有儿子却无福消受。有些老人等儿子送老，往往能将死亡过程拖得出人意料地长，久久不愿咽下最后一口气，就是死了，眼睛也闭不上。

　　彭大年本人并不在意这一套。他在枪林弹雨中钻过很多年，哪一颗子弹、哪一块弹片、哪一把刺刀如果长了眼睛，都可能会要了他的小命，使他成为孤魂野鬼，可他只是挂花、挂花、挂花，死亡经常和他约会，但每每擦肩而过。他的命算是白捡的，他怎么会在乎以后有没有儿子送老呢。

　　但是彭大年的老伴在乎。彭奶奶没有读过一天书，一个大字不识，黄泥湾祖祖辈辈流传下来的为人处世的道理她都懂，讲起来头头是道。彭大年肝癌晚期，自知来日无多，便想叶落归根，由老伴陪着，从军区干休所返回故里黄泥湾。从那时起，彭奶奶就一遍遍给三个儿子打电话，告知他们爸爸的病情，要求他们速速赶回来为爸爸送老。

　　这天，彭奶奶又拨通了二儿子的电话。

老二,你到底啥时回来?你爸快撑不住了。

妈,我不是早跟你说了嘛,这几天正和外商谈判,我一走……

离了你,地球就不转了?

妈,你知道,这是我最后的机会了,如果抓不住,我的公司就真的完蛋了。

说到底,你还是和钱亲,和你爸不亲。

妈,我爸有病,我也是万箭穿心,可……

你少啰嗦,赶快回来。

我哥我弟呢,他们回去不就代表了吗?

他们是他们,你是你,他们可以不回来,你不行。

为什么?

回来吧,回来我就告诉你。

老二终于在一天傍晚回来了。他回来得正是时候,彭大年正在大口大口倒气,最后一口气就悬在喉间,仿佛冬季枝头的一片枯叶在狂风中飘摇。老二扑通跪在爸爸的病榻前,握住了爸爸枯瘦如柴的大手,哽咽地喊了一声"爸爸"。彭大年如释重负地吐完最后一口气,走了。哥哥没有回来,弟弟没有回来,老二一个人送了爸爸的终。料理完爸爸的后事,老二偎着妈妈坐着,问妈妈,告诉我,为什么?

彭奶奶拍着老二的手背说,你还记得那年我带你和你哥去探亲的事儿吗?

啊,有印象。

那年你大概五岁了吧,你哥十一岁。我牵着你们两个,找到你爸的军营,当着他很多战友的面,给他跪下了……你还记得吗?

记不起来了。跪下干什么?

你跪在我的左边,你哥跪在我的右边,我们娘儿仨一起放声大哭……

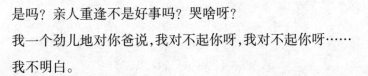

是吗？亲人重逢不是好事吗？哭啥呀？

我一个劲儿地对你爸说，我对不起你呀，我对不起你呀……

我不明白。

你爸的战友们也不明白，可你爸明白。你爸愣了一会儿，很快将我们拉起来，大声笑着说，你有啥对不起我的，你上养老下养小，是功臣啊，我这么多年不在家，家里全指望你一个人，是我对不起你呀！说着，你爸最先抱起你，在你脏兮兮的小脸蛋上叭地亲了一口，然后才牵着你哥哥的小手，将我们带回住室。

我们就在军区住下了。爸爸离休了，我们又搬到干休所。怎么了？

唉，我真不知道怎么说你才懂。凭良心说，你爸对你怎么样？

我爸对我怎么样？不就是爸爸对儿子那样吗？

和对你哥对你弟有差别吗？

妈，您什么意思？

你不是他的儿子。

老二仿佛突然被电击了，猛地从彭奶奶身边跳开，瞪大了眼睛，结结巴巴地说，这……怎么……可……能呢？

怎么不可能呢？彭奶奶平静地说，你爸走的时候，我们刚结婚不到一年，你哥还在我的肚子里呢，哪儿有你？

青岛啊，青岛

○刘兆亮

青岛是一个很美丽的城市。我那时认为它恰如其分的美丽是因为父亲去了那里。

自从父亲去了青岛，这个离我800里的地方突然有了亲和力和感召力。尊敬的青岛市民也好像一下子都成了我的亲人，我特别挂念青岛，想念他们。

父亲是去青岛干建筑小工的，抬水泥、搬石块、挑砖头是他的工作。但这是次要的，父亲在青岛生活和工作了，这是让人感恩的事。

那时我正上高三，父亲带着家中最破的被子和那顶漏雨的安全帽到县城坐火车。因为还有40分钟的空闲，父亲就到学校去看我。但他并没有见到我，他的脚刚好踩到上课铃声。父亲就给看门师傅留了一张字条，写道："儿，我去青岛干活儿了。青岛好啊，包吃包住一天20块钱。你好好念书，争取考到青岛去。"署名是"父亲亲笔"。

这是父亲写给我的第一封书信，是写在随手捡起的烟盒上的，烟盒上脚印清晰可辨，比父亲的字还工整。但父亲的字比它精神多了，撇撇捺捺都有把持不住的去青岛的激动之情。

"青岛好啊"，父亲这个赞美诗般的感叹也是听别人陈述来的。父亲没去过青岛，甚至他连比县城更大点儿的城市都没去过，但父亲那时去青岛了。看到父亲的留言，我很高兴。

从此以后，我的学习和生活便有了"青岛特色"。地理课本上的胶东半岛成了我的维多利亚港，历史课本上德国强占青岛的章节让我深刻铭记，青岛颐中足球队成了我心中的巴西队。而我的高考志愿上，打头阵的都是青岛的大学。

父亲在一个叫观海山的山上建花园。山不太高，但站在屋顶上可以看到海，下雨天不上工，父亲就上山顶去看海。看海是父亲最高级的精神生活。在他的物质生活方面，让他津津乐道的，是能隔三岔五吃到两块五一斤的肥肉膘。父亲说，瘦的他们才不爱吃呢，青岛的肥肉真贱！父亲说，乖乖，青岛就是青岛啊！

但青岛没有及时给他发工资，这是堵心窝儿的事。父亲说，肥肉很香，但一想到钱就咽不下去了。

父亲走时只准备了 25 块钱生活费，却花了 40 天。之后，他摸口袋时，兜里只剩下五个手指头了。当然，在他的内裤边，母亲还连夜为他缝进了 50 块钱。但那钱不能动啊！

青岛怎么不发工资呢？老板解释说临时有点儿困难，让父亲等人等一等。父亲觉得那个李老板说的话不虚。以前李老板让父亲下山替他买的烟都是十多块钱一包的，现在下降到四块多钱一包了。

给李老板买烟是父亲难忘青岛的另外一个原因。

起初，父亲买烟买得一肚子得意，觉得老板还挺把自己当回事。等父亲戒烟了——实际是没有闲钱买烟了，他才感觉到买烟成了一种煎熬和痛苦。

父亲每次烟瘾上来的时候，都要到厕所尿一泡尿，每次进行的时间都很长。他低头思考着什么，最后还是使劲地捏一把那缝在内裤边的 50 块钱，忍了。

但父亲经常把烟包放在鼻子下使劲地闻一闻。闻一闻烟又不会少,没事的。有几次他甚至就想把手中的烟往腰里一别,一口气跑回家,坐在田头再一口气抽光。边抽烟边看玉米生长,多美的事儿啊!

但父亲是个老实巴交的人,这也是老板习惯让他买烟的根本原因。父亲觉得自己挟烟出逃的想法太匪气了,也不切实际。父亲比较实际的做法是,爬山时多弄出点儿汗,递烟给老板时好让他酬劳给自己一根抽抽,但是没有。只有一次,李老板客气地说,剩下的三毛钱硬币不要了,看你累的,头上的汗珠子比雨点儿还大!父亲不收,两个人互相推让,干活儿的人都把手中的活儿停下来看他们。李老板生气了,大喝一声后又把声音压得低低的,拿着,对,拿着。父亲的兜里就多了三毛钱。

父亲想等下次再多出三毛,还有再下次,再再下次……

但李老板已经好几天没让父亲买烟了,也就是说李老板已经很少过来了。慢慢地,父亲他们就感觉到李老板可能在耍熊蛋了——他要跑掉了!

大家也很久没能吃上肉了,伙房的人也好久没接到钱了。

工程没完,老板就跑了,碰上这样的事,算是倒了八辈子霉。

父亲等人也不能干等着,就买了车票回家。父亲们都偷偷地进行着自己的工作:有的与父亲一样拆开了内裤,有的翻起了鞋子,有的把被子里的棉花团弄开……那里是事先准备好的回家的路费。我们那里的习惯,路费多少就缝多少。

父亲把他在青岛的这些经历讲给我听的时候,我还在等青岛方面的大学通知书。青岛与我的关系还八字没一撇。

但青岛朝我走来了。我被青岛一所重点大学的土木工程系录取了。

那天父亲把烟头抽得很兴奋,他满眼亮亮的,左手比画着青岛宽阔的马路怎么走,还一个劲儿说,青岛好啊!青岛好啊!

我不知道，当父亲赞美诗一样地感叹青岛好的时候，他的右手在口袋里把从青岛带回来的那三毛钱都攥出了汗！到了学校后我才发现，那三枚硬币，被父亲放进了我的背包——那是父亲在青岛赚取到的财富，儿子应当继承。

棒冰，棒冰

○刘兆亮

学校放夏收假，十四岁的四妮骑着凤凰牌自行车出门卖棒冰。她还够不着车座，身子斜跨在车架中间，一起一伏，一伏一起。棒冰，棒冰，熊猫棒冰。她的声音在田野上脆脆地响起。

田野里布满了麦子、农民和阳光，麦子摇着金黄的麦穗，农民在割麦子，阳光晒出了农民脸和手臂上的汗。

有人停下手中的镰刀，目光越过刺眼的阳光，落在四妮的棒冰箱上。四妮止住步，定神看过去，看他们有几成把握买下一根或更多根棒冰，然后再准备打开装棒冰的箱子，如果拿捏不住他们的心思，就白打开了，白打开不要紧，阳光要是溜进棒冰箱，棒冰融化，那就吃大亏了。

"五分钱一根，要不?"四妮问。

"五毛钱十一根，行不?"有人讲价。

"好，给你十一根。"四妮边说边灵敏地打开箱子，几乎是抱出来十一根棒冰。

四妮卖棒冰卖了两个夏收假。

十六岁时，四妮从别人家的电视里看了一集《十六岁的花季》，电视里那些城里上初三的女孩多幸福啊! 四妮羡慕得直想咽唾沫。

但是，四妮爹还是把她打发下课堂了。四妮娘在生完弟弟后就去世了。如今，四妮的弟弟顶上来，都上到初一了。四妮的三个姐姐也都念完小学就算了，要不是四妮卖了两个夏收假的棒冰，她连初二都念不成。四妮央求父亲说，我今年夏收假再卖棒冰，你就让我念完初三吧。爹就一本正经地和四妮算账，一年只能卖一季棒冰赚钱，但你一年四季上学都得花钱呢。何况你卖棒冰是赚到了钱，但你耽误了干农活啊。

四妮不说话了。四妮别的不怨，就怨自己不小心看了《十六岁的花季》，心就像长出了翅膀似的，停不下来。

四妮从课堂走向了镇上的棒冰厂。工作是她自己找的，棒冰厂的瘸腿老板在四妮去批棒冰时就看中这丫头的心灵手巧，没含糊就收了她。四妮卖了两个夏收假的棒冰，但她没有从自己的棒冰箱里拿过一根放进嘴里。她知道棒冰是甜的，那是她晚上回家收拾盖棒冰的小棉套，用舌头舔到的味道。同样，四妮在棒冰厂里也不吃成品，吃次品不扣工钱。瘸腿老板很喜欢四妮的懂事与节俭，在其他季节做冰糖生意时，也让四妮来帮忙。就这样，四妮在瘸腿老板的手下越长越变，越变越美，到十八岁时就非常好看了。

非常好看的四妮和瘸腿老板跑到城里去了。瘸腿老板别了一腰钞票，和四妮私奔了。其实，四妮临走时有迹象，她分别给了大姐、二姐和三姐每人200块钱，相互瞒着给的，说是钱放自己身边不方便，让她们给存着。等四妮走了的消息传到几位姐姐耳朵里时，小学文化的姐姐这才注意到钱背面都有四个小字：忘了四妮。她们都骂四妮不要脸，人家瘸腿老板有家有口的，她跟人跑了。她们骂四妮讨贱，还不值五分钱的棒冰钱。四妮爹也一脚把四妮曾用过的棒冰箱踹出个洞，他狠狠地叫喊一声，到城里得让车碾死你个丫头！四妮的弟弟则傻瓜一样地旁观着一切。

四妮在别人不知道的城里租了房子,还是干着老本行,夏天卖棒冰,只是棒冰箱子换成了冰柜。其他季节卖些冰糖葫芦什么的小货。瘸腿老板到城里跑小三轮,到晚上才归家。四妮每天看着花花绿绿的人过往,感觉心中有个东西正在如瘸腿男人回来时的落日一样下沉,下沉。

终于有一天,瘸腿男人忙了一天回家时,没有看到四妮。等他看到自己的坐垫下塞了两千块钱,并且每一张上都写着"忘记四妮"时,那瘸腿男人欲哭无泪。瘸腿男人心想,要是能让四妮生个一子半女的,就拴住她了。都怪自己啊!

四妮是和一个常来买她棒冰的老板走的。四妮感觉与他在一起,曾经失落的东西能够重新找回来,就义无反顾地跟他走了。后来,四妮又跟了两个男人,所经历的城市越来越远,越来越大。那些街道和穿着已比记忆里《十六岁的花季》中的场景更繁华了。但已经 24 岁的四妮感觉自己老了,她莫名地想起自己那些夏收假叫卖的棒冰。

再次诀别一个男友后,四妮开始在城市里寻找当年那样的棒冰,结果无功而返。她只好买了一支豪华得像座宫殿般的冰激凌,慢悠悠地舔着。太阳也光顾了她临时租住的棚户区,阳光打在她手中的冰激凌上,她神经质地拿一个毛巾想把冰激凌遮住。她怕冰激凌被阳光晒化了。

这个动作让她彻底地回到了十四岁,十四岁的田野上,四妮用小棉套遮盖棒冰箱的情景。

四妮感觉这次是真的想家了。十年了,她忘记了很多人和事,但她一直没有忘记家。她让三个姐姐忘记她,她甚至没给父亲一句话。

又到了乡下学生放夏收假的季节,四妮决定偷偷地回家。她到县城下车后包了一辆出租车来到家乡的田野上。

棒冰,棒冰。熊猫棒冰。

一个白头发的老头儿骑着一辆破旧的凤凰牌车子叫卖着棒冰，车子载着一个破旧的棒冰箱子。那老头儿可以够得着车座，但他还是斜跨在车架中间，一起一伏，一伏一起。而车后面有三个女人在齐刷刷地追逐着他，不断地叫着：爹！爹！你怎么又犯病了啊……

最后一声娘

○刘兆亮

北北在1958年的秋夜里孤独地哭。

哭声像蝉的残鸣声一样细软。许多人以为是蝉呢,他们心里想,秋天都到了怎么还有蝉啊?只有七奶奶细致,她听出来那不是蝉鸣,那是婴儿在哭,嗓子都要哭坏了。七奶奶的小脚鸡啄米般找到了哭泣的婴儿,就在七奶奶的屋北角。七奶奶伸手抱到怀里,看看地上往北走的鞋痕,一皱眉就给婴儿取了个名叫北北。

七奶奶就一个人,别人都说没儿没女的女人,心不仅独而且毒。七奶奶不,七奶奶的好在十里八村,甚至更远的地方都是出了名的。这样说吧,如果你给她一颗桃子,她就会把桃子分给几个孩子吃,一人一口,不多不少,但桃仁她要留着,她得把桃仁埋进湿土,种成树,等树大成材坠了果子,她就会说:这棵桃树是你的了。

七奶奶在1958年最困难的时候想把北北养大成人。谁都在问七奶奶,你拿什么来养呢?你都摸着棺材板的人了,你的好多得到了棺材里也烂不掉,你又不缺这一件!

七奶奶说,这孩子是奔着我来的,他是哭着来找我的。我哪能不管呢!

七奶奶心好手也巧,她描着北北肚子上的肚兜样式,给十里八村家里有婴儿的人家也做了肚兜。那个秋天,七奶奶几乎把她冬天的衣料都变成了一个个肚兜。那些肚兜一针一线,七奶奶都有数,七奶奶说,谁都不能比北北的肚兜多一针,也不能少一线。肚兜中间也都要绣个小太阳。

七奶奶早盘算好了,以她在十里八村的为人,她认为,一只肚兜就是一口奶水。这不成问题。好心人的心都是镜子,其他人的心都摆在镜子里,都看得清呢。

于是,每隔几个月七奶奶抱着北北出去送肚兜,北北就能吃上一次奶。七奶奶感觉隔三岔五就能吸女人一口奶,北北就不会比别的孩子长得孬。开始,她也不让北北多吃,就一口。她两手托着北北,盯着北北的小腮帮子,看到瘪下去,又鼓起来,就暗自一拉,小嘴就脱开了。北北没有牙,光秃秃的牙床与女人奶头脱离时"啪"一声,常把哺乳期的女人弄得呵呵地笑。长了牙,七奶奶就等北北吸进一口奶,适时掐一下北北的屁股,北北疼,就松口,七奶奶顺势把北北拿下。那个时候,七奶奶就会为北北说好话,这孩子多好啊,从来不贪吃,就一口。吃完了就拿水汪汪的眼睛望着谁一阵子。他是想叫娘呢,对了,等他能叫了我就带他一个个叫过来,你们等着啊。

七奶奶常告诉还听不懂人语的北北说,你吃了谁的奶,长大了就该叫谁娘。七奶奶扳着手指给北北数,他究竟有多少个娘。数了一遍又一遍,说她缝了十三个肚兜,是十三个娘啊。

北北在某一年的夏天能叫七奶奶了,就是说也能叫娘了。七奶奶开始让北北叫娘。七奶奶算好了,一共十三个娘,一个都不能少。七奶奶还为北北立了规矩,半年只能叫一个娘,这样一声就比一声硬了。

每次去叫娘,七奶奶都当成是大事。有些曾喂过北北奶的人都忘记了,人家推辞,七奶奶也不说话,就笑,眉毛笑得合拢在一块儿。北北望望七奶奶说,我吃过你的奶,吃一大口呢,你就是我娘。娘!

北北大了,许多孩儿嘲笑北北怎么那么多娘,稍微再大一点的孩子还说,娘多了就是没有娘,北北你没有娘,你是个没娘的孩子。

北北就看着那帮孩子,心里想,自己有没有娘,你们说了不算,七奶奶说了算,你们瞎说。但北北还是一声不响地流出眼泪来了。七奶奶就在不远处看着北北呢,她赶紧过来帮北北拭眼泪,告诉北北他是有娘的,他的娘一个比一个模样好,要一个比一个大声地叫。北北点点头说他知道,他有十三个娘呢!

北北叫娘叫到了七岁,就剩下一声娘没叫了。那天七奶奶拄着拐杖带着北北去北方最远的一个村庄叫娘。路太远了,太阳晒出了七奶奶的汗,北北刚开始觉得好玩,就用手接七奶奶的汗珠子,等他看到七奶奶的眉头一阵阵地紧,很难受的样子时,懂事的北北就改用手掌小心地擦拭。就这样走走停停,终于走到了那个村庄。

敲开一扇门,露出一个女人,女人身后还跟着一帮大大小小的孩子。汗水淹了七奶奶的眼,但她仍能看清楚,那就是北北要叫的第十三个娘。

那女人赶紧去扶住七奶奶。七奶奶眉毛上都是笑,笑把七奶奶的眉毛都收拢到一起了。七奶奶小声说,就知道是你。给你的八小子送肚兜时也看到肚兜上的小太阳了,红着呢!

女人说,两个连着养不活啊,也是逼不得已啊。我缝一针都掉一滴眼泪啊。

七奶奶说,你看,这不就回来了吗?对了,你当初怎么没给北北吃一口奶呢?

女人说,我不敢让他吃,怕他会钻到我的心里来。

北北发现面前的女人比他叫过的十二个娘都俊。北北就想叫她一声娘,很响亮地叫她一声娘。

但北北似乎能回忆起气势最凶的一次咬奶时,那女人身子一趔,他的嘴巴咬空了。

　　七奶奶说，北北叫娘，快叫娘吧。

　　北北慢慢地张开了嘴。

　　七奶奶那被微笑拢作一团的眉毛慢慢地张开，那是她一生的笑容在绽放和枯萎。

　　北北最终说的是，不，我没吃过你的奶，我不能叫你娘，不能！

人家欧洲

○董玉洁

朋友游历欧洲 16 天回来,照例,我约上八九好友在一家星级饭店为其接风洗尘。

朋友一跨进饭店就脱下西服外套递给服务生,随同递过去的还有一张崭新的五毛钱小费。只可惜,朋友的绅士风度吓得服务员手足无措,不敢接纳。朋友尚未落座就语重心长地开讲:"我先申明,欧洲无尘可洗! 人家那叫一尘不染,一件白衬衣穿了一个星期,脱下来,上帝啊,比在国内刚穿上去还干净!"

他讲:"人家那福利,瑞典、芬兰,生老病死上学读书一分钱不要,还管吃管喝管……"

他讲:"人家德意志联邦共和国、法兰西共和国,城里乡下跑的全是世界顶级名车……"

他讲:"人家那文明、人家那素质! 卢浮宫,人家那么多人进去了,跟没人一样;中国一个旅行团进去了,那就是全世界的人都进去了,人家特意用中文写着告示:'不要喧哗,不要随地吐痰'……上帝啊,作为中国人我的脸都没处搁……"

他讲:"人家卢森堡大公国,个个能讲五六种外语……"

他讲:"人家德意志人那个守时守信守规矩,三更半夜,一没车二没人，过马路还自觉地等红灯……"

他讲："人家荷兰，应该叫荷兰王国，那才叫民主，那才叫自由，你就想不出来有什么是禁止的……"

他讲："人家英格兰，吃面条都是用叉子卷起来送进嘴里，人家喝汤都是用汤匙一下一下地舀，哪像中国人端起碗来就灌，灌牛灌驴……"

火锅底的酒精燃尽了又添满，添满了又燃尽，菜凉了又热，热了又凉，鲜鱼汤结成了冻鱼糕，红烧狮子头摆成了陈年大力丸，朋友仍遗憾着、感慨着、痛绝着、愤恨着、面露红光着、唾沫四溅着、青筋暴跳着、振臂疾呼着、掩面而叹着、拍案而起着、捶胸顿足着……

"哎，人家那才叫发达、才叫先进、才叫文明……"

我鼓足勇气壮起胆，找缝插针，举起手里捏得差不多已经够穿过整个欧洲近现代史的酒杯，小心翼翼地提议："我看……我看我们是不是边喝边讲……"

朋友一拳搋下去，满桌的杯盘碗筷吓得瑟瑟发抖，俨然当年清政府见了洋枪洋炮。一个酒杯吓晕了，趔趔着倒下，我眼疾手快一把救住了小半杯"五粮液"。

朋友义愤填膺："酒！最能看出中国人的愚昧、无知、落后、窝里斗、自相残杀、毫无自尊自重自爱意识的就算这酒了！我在欧洲参观学习14天，合计331个小时，吃了41餐饭，中餐15顿，西餐26顿，人家每餐都是酒水放旁边，你愿意喝什么就喝什么，愿意喝多少就取多少，人家从来不劝酒，从来不劝！更没有灌酒一说，绝对没有！我在法国结识了一位朋友，英格兰人约翰·莱斯先生，人家那风度，吃饭只要小半杯红葡萄酒，礼节性地表示一下，那个得体、那个健康、那个文明啊！告别时，我们在一家大陆人开的中餐馆里答谢人家，我们劝人家喝酒，人家大感不解，目睹几个中国人拼酒，人家惊得目瞪口呆，连连摇头……上帝啊,人家那叫一个文明……"

　　酒宴在悲愤、肃杀中草草了结,十条壮汉只喝了一瓶"五粮液",我们还为自己的酒风不雅、纵欲无度而自愧、自责、自省。

　　一个星期后,朋友来找我,托我请人将他写的一封中文吊唁信翻译成英文。原来,他的那位在法兰西的英格兰朋友约翰·莱斯先生不幸去世了,英年43岁。

　　"人家,怎么、怎么英年早逝啦?! 约翰·莱斯先生那么优雅、那么文明、那么……"我谨慎地措辞,发自内心地哀悼,我的哀悼不仅出自国际人道主义情谊,更发自对人家文明程度虔诚的敬仰和渴慕。

　　朋友犹豫了一下,低低地说:"喝酒,醉死的。"

　　"上、上帝啊,你不是说人家不喝酒吗? 人家只礼节性地表示半杯红葡萄酒吗?"

　　朋友的声音忽地抬到比帝国大厦还高半层:"是啊,人家吃饭时绝对不喝烈性酒,人家是在酒吧里喝的!"

物理学家下叉

○董玉洁

在发现了光从一种介质斜射入另一种介质发生折射的规律后,光物理学家非常激动,他想用理论指导实践,要把科学转化为生产力。

他兴冲冲地跑到河边,对正在叉鱼的渔夫说:"根据我刚刚发现的科学规律,你在叉鱼时应该考虑光线折射所造成的视觉误差,你所看到的水中的鱼的虚像在真鱼的前上方,所以你叉鱼时鱼叉应瞄向你看到的鱼的后方!"

渔夫羞愧地摇了摇头:"先生,我听不懂您的科学……"

光物理学家急得直搓手:"这样吧,你跟我到实验室去一趟,我用实验向你证实什么叫光的折射!"

渔夫磨着他的鱼叉:"可一家老小还等着我的鱼下锅呢。"

光物理学家一声长叹:"哎,新的理论新的科学就是这样不被接受啊!愚昧无知啊!"

光物理学家大失所望,摇着头走了。

渔夫按他的老经验叉鱼,晚上一家人吃着鱼。

若干年后,运动物理学家利用一套精密设备成功地测算出了鱼叉的运动速度和鱼的运动速度,然后建立了新的理论。

运动物理学家找到了渔夫:"根据我刚刚测算出的结果,叉鱼时

鱼叉应该瞄向鱼的前方,因为当鱼叉接触到水时鱼受惊会加速逃窜,这时你必须把提前量考虑进去,我这里有一个公式,计算得非常准确!"

渔夫一头雾水:"我实在听不懂……"

运动物理学家说:"你跟我到实验室去一趟,我们一起测算一次!"

渔夫说:"先生,我不能跟您去,今天是我妻子五十岁生日,我必须多叉两条鱼回去……"

运动物理学家走的时候失望得落泪:"冥顽不化啊!可悲可怜啊……"

渔夫还是按他的老经验叉鱼,一家人顿顿都吃鱼。

不久,光物理学家和运动物理学家坐到了一起,在综合考虑了多种因素后精确测算出鱼叉应该瞄向鱼的头部。

他们携手找到了渔夫:"我们有了惊人的大发现,经过精确测算,我们推演出鱼叉应该瞄向鱼的头部!"

渔夫憨厚地搔了搔头,笑了笑,说:"我们祖祖辈辈鱼叉都是瞄向鱼头的啊!"

上　套

○仲维柯

爹说："等把你送到学堂上了套，就没这么自由喽！"

七岁的我并不理解什么是"上套"，仍爬墙、上树，满世界里野。

跟我们一起野的还有我的堂哥，虽然年龄长我们七八岁，个头也高出我们许多，可扔下书包扎进我们"学龄前"堆里，仍野性十足。

堂哥，黑黑胖胖的，宛如生产队牲口圈里的那头黑骡子。春日里，他带我们去土山折桃花；盛夏酷暑，领我们去圣水泉泡澡；秋天庄稼熟满坡，率我们到大台田偷队里的玉米棒子；雪后的冬日，撺掇我们到大队院里捕鸟……

那天，堂哥又率领我们这群"野孩子"到生产队牲口院来"骚扰"了：想办法薅些牛马的鬃毛去套蜻蜓。不巧，管牲口的瘸腿三爷不但在那儿，两只眼还瞪得圆圆的，直瞅那头肚子鼓鼓的母牛老黑。

老黑被三爷牵到院西的柴草堆旁边，不停地叫着，似乎很痛苦。堂哥说："老黑要生小牛犊了。"我们一头雾水："小牛犊是母牛生出来的？"我们正迷惑间，站在老黑后腚旁的三爷双手托住一块肉乎乎的花花的东西。等我们凑上前时，一头黑白相间的花牛犊已完全落在三爷手中了——那时那地，我才明白：小牛犊原来是从母牛后腚处生出来的。

牲口圈里忽然多出来一头活蹦乱跳的花牛犊,着实勾引我们的魂儿。堂哥上学去了,我们这群"群龙无首"的孩子便到牲口院去看那头花牛犊,并且,还给它起了个好听的名字——花花。每每一窝蜂围住花花,总会遭到瘸腿三爷一顿呵斥:"小兔崽子们,那可是咱队里的宝贝疙瘩!"

有时,我们不得不到田野里去看花花,因为老黑要到田里去耕地了。犁地的号头(使唤牲口犁地的人)套上老黑及其他两头牛,在板结得异常坚硬的黄泥地一趟一趟艰难地犁着,即便这样,它们的背上也少不了一道道血红的鞭痕。这些,我们倒是毫不感兴趣。我们在那开满鲜花的草地上大呼小叫地追赶着花花,丝毫感觉不到空气中已弥漫了浓浓的新翻泥土的气息。

花花长得可真快,一开春,已经到我们的肩膀高了。

夏日里一个傍晚,队长到了我们家,跟爹说:"可别让你们的娃到牲口院里要那头小花牛了,它野得很!今儿,瘸老三就让它顶了个屁股蹲儿,还在床上躺着呢……"我听了,心里直乐:"咱的花花可真有能耐!"

有能耐的花花也有没招的时候。那天,花花又跟着老黑下坡了,我们蹦着跳着跟在后面,心里盘算着在野外跟花花的一场嬉戏。可到了地里,使唤牲口的号头,并没有让花花陪我们一起玩耍,竟然也将它上了套,且夹在老黑与另一头黄犍牛中间。起初,花花似乎不怎么反抗,可等到开始犁地,终于忍受不住了:左拧右搓,力图摆脱身上的绳套——绳套从肩到背,从腰到肚,丝丝相扣,道道相连,怎么容易摆脱呢?一声清脆的鞭子响起,花花惊恐地向前猛冲,绳套勒进皮肉,一片血肉模糊……我们惊异地看着昔日的玩伴,呆呆地站在那里,像一只只受了惊吓的土狗。

那块地终于犁完了,号头们揩了揩额头的汗滴,说:"让牲口歇一下吧,咱们也好抽袋烟。"三头牛卸了套,我们忙跑过去招呼花花,它理都不理我们一下,只是静静地趴在老黑旁边,嘴里不停咀嚼着。

花花不理我们了,我们好伤心! 不知怎的,我又想起了领我们到处野的堂哥——这才记起堂哥好一阵子没领我们玩了。我们一窝蜂跑到堂哥家。他眯缝着眼,懒懒地躺在床上,活像一头吃饱了的黑猪。他无精打采地睁开了眼:"哪有工夫去野? 下午还得跟爹到生产队干活呢!"——原来堂哥已经下学,到生产队挣工分了。

吃晚饭时,娘对我说:"李校长刚才来过咱家,说让你明天到村小学报到——都八岁了,不能再满世界里野了……"

看来,爹说的"到学堂上套",也许真的到来了。

大黄犍的葬礼

○仲维柯

那天中午，二狗子流着泪告诉我们："咱们的大黄犍死在台子田了……"

大柱子、三茄子、四猴子和我二话没说就往台子田跑，边跑边朝跑在最前面的二狗子喊："狗日的二狗子，你敢骗我们，就是大黄犍的孙子！"

那时，我们五个还没入学，正是满坡里疯跑的野孩子。

台子田是村南一块胶泥地。那黄胶泥地，涝时一盆糨子，旱时一块生铁蛋子，今秋又恰逢天不落雨，耕那铁板地也真够牲口们受的。

远远看见台子田里围了一大堆人，隐隐约约听到队长在里面说些什么，我们跑得更快了。

我们从人群外鱼般往里挤，终于游进了最里层。

"哇——"最先挤进去的二狗子一屁股坐在地上大哭起来。

"天，我们的大黄犍真的死了？"

小山似的躯体静静地躺在它刚刚犁过的土地上，四条粗壮的腿坚毅地向天空指着；眼睛睁得老大，似乎还渗着泪珠；一些黏黏的涎液流得满嘴都是……

"天，我们的大黄犍真的死了！"

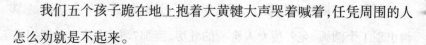

我们五个孩子跪在地上抱着大黄犍大声哭着喊着,任凭周围的人怎么劝就是不起来。

张屠夫拿刀来了。

"都让开!"人群外忽然有人喊。

"把几个熊孩子弄走! 别误了咱晚上分肉。"队长有些生气了。

几个虎背熊腰的大人把我们抱出人群外,我们随即又哭着钻了进去。五次三番后,队长摸过明晃晃的尖刀对着我们嚷:"再胡闹,就杀了你们!"

我们怕了,在离人群十来米的地方骂"队长不得好死""张屠夫不得好死"。

"咱们给大黄犍发丧吧! 像爹给我奶发丧那样。"年长一些的大柱子突然停住了咒骂,建议道。

"好!"我们四个异口同声叫了起来。

"谁当大黄犍的儿子?"大柱子问。

"我当!"二狗子抢先应了下来。

"我也当!"四猴子也答应着。

"说说理由。"大柱子俨然一法官。

"那年,俺在水库边上摸鱼,不小心滑了进去。那时候一个人也没有,要不是来喝水的大黄犍救俺,俺这小命早没了……"二狗子竟说得鼻涕一把泪一把。

"大黄犍也救过俺的命。"四猴子也不示弱。

不错,四猴子的确被大黄犍救过。那年秋天,我们几个跟在犁铧后拾地瓜,那是人家收获时不小心遗留在地里的。由于四猴子年纪小,跟不上犁铧,就到还没耕到的地块上去找。那次领头的就是大黄犍。三头牛在犁把式的指挥下不紧不慢一趟一趟地犁着。突然,大黄犍像发疯似的猛地向右拐,犁把式紧拽耳绳(绳子拴在牛耳上,以便人控制犁地方向），猛打鞭子，还是纠正不过来，就这样一条直直的犁沟出现了个圆弧，宛若瘦女人胸前的乳房，当那"乳房"呈现在犁把式面前时，他惊呆了——那"乳房"上蹲着早已吓傻的四猴子！

"要不，你们两个都做大黄犍的儿子吧。"大柱子庄严宣布。

剩下我们三个，要么称大黄犍"伯伯"，要么称"叔叔"，反正都沾亲带故。

我们把褂子扎在头上，算是给大黄犍"戴孝"，捡了些枯树枝当"哀桩子"，又粗着嗓子哭了起来。

想着春天里我们在山坡上与大黄犍嬉戏，夏天里和它一起在池塘里戏水，秋天里跟在它屁股后面拾大块地瓜，冬天里看它在牛屋里有节奏地吃草……我们都哭哑了嗓子。我们的大黄犍，以后再不会陪伴我们了……

"二狗子，该给你大喊路了。"大柱子停住哭泣提醒道。

"对！"二狗子恍然大悟，忙在附近的地里找了根长长的玉米秆子，搭在高高的田埂上。

"牛大——下西南——"

二狗子号叫着踩断了那玉米秆子。

这时候，十来米外也响起了"嗤嗤"的割肉声，很刺耳！

双城岭历险

○仲维柯

那年头，打下的粮食勉强喂饱人的肚子，收拾起来的农作物秧藤勉强喂饱牲口的肚子，而家家户户的锅灶的肚子又该咋办呢？人们想柴火都快想疯了。

从我们村向西翻越一座大山，就是著名林区"双城岭"，那里纵横着十八岭，生长着五万余亩优质松柏林。那松柏树枝烧出来的火，愣硬愣硬的，能烧化铁。

打双城岭松柏树枝主意的也只有那些穿山越岭如履平地的高人们，因为相传双城岭的护林"大本营"里有好多凶神恶煞的护林员和凶如虎豹的大狼狗。

生产队被解散的第二年，不知是谁打听到了这么一个好消息——林区管理有所变动，原来的护林员走了，而新护林员还没到。

果然，第二天就有好多人扛来了成捆成捆的松柏枝。娘和邻居二婶看到人家锅底头那呼呼的火苗，不免有些垂涎三尺，便怂恿我和郡国（二婶的儿子）也上山砍些来。

那年，我和郡国在村里上小学四年级。

一个星期六的中午，我们撂下书包，揣着绳索，握上镰刀，挟着煎饼水壶，急匆匆上路了。

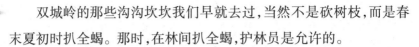

双城岭的那些沟沟坎坎我们早就去过,当然不是砍树枝,而是春末夏初时扒全蝎。那时,在林间扒全蝎,护林员是允许的。

爬山对山里的孩子来说就是游戏,说话间,我们便进入了林区。

林子里静悄悄的,但这里肯定喧闹过,你看,好多树都被拦腰斩断,露出白森森的筋骨,无休止地流着晶莹的树脂。

我们没有砍树头颅的能力,就是有我们也不愿意。我们在林子里捡了些别人丢弃的树枝,砍了些我们够得着的枝柯;约摸着也有不少的两捆了,便扔下镰刀,准备打捆。

"别跑!"

林子里忽然钻出一人——个儿高高的,胖胖的,黑脸膛,袒露的胸背上还沾有好些柏树叶子,脏兮兮的大裤衩早已被汗水浸透,——旁边跟着条狗,不怎么高大,也不凶。

我们怕极了,大声哭了起来。

那黑胖子并不理会我们可怜兮兮的样子,索性用绳索分别绑了我们的一只手臂,像牵羊一样赶着我们走。夕阳西下时,黑胖子总算把我们牵到了他们的"大本营"。

他们的"大本营",坐落在山间的一块平地上,像我们的小学校似的,破破烂烂的几排房子。不过,他们用上电灯了,我在小学课本上见过这东西。

黑胖子把我们交给了一个大胡子,并从大胡子手中接过一张纸币,多少没看清。黑胖子蹶着嘴似乎有些不乐意。

我们特害怕大胡子,不仅是因为他长得高大威猛,留着一脸张飞似的大胡子,更因为他是这里的头儿,就像我们村以前的革委主任、民兵连长。

大胡子把我们领进了一间亮着灯的房子。一会儿,他端来了一锅小米粥和四个白面馍,又从抽屉里拿出了一包咸菜。咣啷,门被锁上了。

我们想哭,但我们更饿。顾不上什么了,先吃了再说。那小米粥

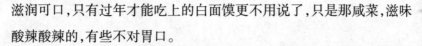
滋润可口,只有过年才能吃上的白面馍更不用说了,只是那咸菜,滋味酸辣酸辣的,有些不对胃口。

我们吃过饭,又想到了逃跑,可透过窗子往外一看,四下里黑洞洞一片,又害怕起来。

门又开了。大胡子笑着问:"饱了没?走,领着你俩坏小子看电视去。"

咦,原来大胡子并不凶!

那时那地,我认识了电视——一个方方正正的能出人影的箱子。

那夜演的是《牧马人》——那男的和那女的,惨极了,跟我俩差不多……

那夜,我们和大胡子睡一屋。不过,大胡子的床死死堵着那扇门!

第二天一大早,邻居二叔和父亲火急火燎来到"大本营",遭到了大胡子暴风骤雨般的训斥。末了,大胡子说:"交罚款,领孩子走吧。"

"多少?"

"按规定每人200元。"

父亲和二叔不语。

…………

"要不,俺们回家筹筹,俩孩子再在这里待一天。"父亲说。

…………

"明天星期一,俩孩子得上学! ……你们,你们5块钱总该拿得出吧!"大胡子暴跳如雷。

"有! 有!"邻居二叔慌忙应着。

直到我们要走时,大胡子的脸才转阴为晴。

"俩坏小子,抓你们我付了5块钱的工钱;又吃我的酸辣菜,又啃我的白面馍,末了还撒了我一炕腥臊尿……"

原来,郡国夜里由于过度紧张,尿炕了。

暖

○吴培利

南方的小城。将军退居二线，门前冷落鞍马稀，日影陡然增长许多。

哥从老家打来电话，说娘近些日子拿东西使筷子都不方便了。于是，对娘的思念越来越执拗地浮上来，如丝如缕，扯不断理还乱。一睡着全都是梦，几乎每个梦里都有娘的影子、老家的风景。

在梦里娘还是年轻时俏生生的模样，斜襟棉袄，蓝底上有着白色碎花，头发用水拭过，梳得光溜溜的，在脑后面绾了髻，罩上黑色的发网，一根银簪一把簪住。娘站在满山满坡的杏树底下，笑盈盈的。那山他认得，就在老家的村子后面，儿时他没少往山上跑。他还在梦里看到了自己，五六岁的样子，拾柴割草，在娘身边跑来跑去。

他小时候很调皮，只有娘能降住他。娘不打他也不骂他，只在他乖的时候，给他讲故事。娘认识字。娘的爹是一位私塾先生，她跟着她爹识了不少字，《三字经》《龙纹鞭影》都溜溜熟，知晓不少故事。娘说："有孝才有德，有德才无敌。"他被那些故事吸引着。六十年后仍然记得故事里一个叫黄香的男孩，冬天的夜晚，给他爹爹暖冰凉的被窝。那时，他听了这个故事，就坚持着天天给娘暖被窝。五六岁的他，把光溜溜的身子蜷在冷硬的被子底下，像搁在石板上一样，冻得上下牙齿打战,身子好半天伸展不开。娘说:"俺孩儿懂事理,将来一定干大事!"

果然被娘说中! 十三岁那年,他悄悄离开家,跟着征兵的队伍走了。一走就是二十多年。等他再见到娘时,娘鬓发已苍,皱纹满脸,他则成了中国人民解放军的军官,英姿飒爽,呼风唤雨,在南方的一个城市娶妻生子,落地生根。

娘看他的眼神,客客气气、小心翼翼,像看一个大人物,跟他隔着十万八千里的距离。后来,他又回过老家两三次,电话打了无数遍,想把娘带出去,可是,娘都婉言拒绝了。做了将军以后,他身不由己,再也没回过老家。

娘已经进入耄耋之年。他南征北战几十载,保家卫国,真该回去行行孝啊! 寒冷的冬天已经来临,不知娘跟前的儿孙们,会不会有谁给娘暖一回被窝?

如今的将军少了许多的顾忌,说走就走。他急急火火下了飞机,风尘仆仆,回到山村。整个村子都轰动了,好多干部、乡亲簇拥着他,众星捧月一般。

娘站在村口的寒风中眼巴巴地迎接,不知道站了多少时辰! 娘扎着黑色的绑腿,穿着深蓝的棉衣棉裤,身子又瘦又小,看上去很轻飘,不经风吹。再近看,娘黑瘦的脸,如一枚干巴巴的红枣,满嘴的牙齿掉光了。那梦里乌发银簪、俏生生的容颜,全部遗失在岁月深处!

他泪花闪闪,腿一软,大老远跪下:"娘! 儿子回来孝顺您了!"娘早已泪涌如泉。

晚上,他说什么也要跟娘睡在一张床上,给娘暖一回脚。娘把电热毯开上,他又不声不响地关上。哥嫂孝顺,给娘盖的被子很柔软,可他的身子触到时,还是禁不住哆嗦了一下。

娘的气息传过来,是陌生的。他蒙上头,抽动着鼻子,使劲儿嗅,搜索童年时的记忆。将军无声地哭了。像一只倦怠的鹰,穿越五六十年光阴的山川河流,他又回到生命的起始地。他心里说,娘,儿子再也不离开您了!

直到他把被窝暖得没有一片凉的地方,才服侍娘在床的另一头脱衣睡下。娘腿脚冰凉,碰到了他,被他一把搂住,焐在腋窝底下,暖。

不知不觉,他睡着了。

他又梦到了娘,娘依然俏生生的,站在满山满坡的杏树底下。这次,娘是向他告别。娘说:"娘该走了!"他急,追着娘跑,又追不上。撒泼,哭号,顿时惊醒。

娘的身子像一块冰,抱在怀里凉飕飕的。再看娘,鼻息全无,驾鹤西去。

将军大恸。

旗　袍

○吴培利

早年间的生活对如意来说,就像满满一杯苦酒。

男人病故以后,如意带着两个黄口小儿,日子就像在油锅里煎一样! 耕田耙地,她使不成牲口;肩挑车载,她人小力单。她忍不住想再走户人家,只要能把孩子拉扯大。可是,庄户人的日子,这家又比那家好多少呢?

如意决定铤而走险。在村子南面十多里外,是庙山。山上住着一伙土匪,山下有土匪的粮仓。传说粮仓里囤着百八十石粮食,高粱席圈圈着,垛得接住了房梁,只有一个老兵把守。

老兵的右眼是假眼珠子,半张脸像遭遇过塌方,深深地凹陷着,面相凶神恶煞,四十来岁了还是光棍儿一条。他的枪法不错,用幸存的左眼瞄准,射击,居然一打一个准,枪法少有的好。所以他看守粮仓,没有谁敢轻易去偷去抢。

夜色深了,如意借着星光深一脚浅一脚大着胆子往粮仓摸索,怀里像揣了十五只兔子,浑身不停地冒虚汗。

粮仓是一户普通的农家院落,三间茅草房。旧主人被土匪赶跑了,房子也被霸占了去。如意想打退堂鼓,孩子的哭声突然响起。她支棱着耳朵细听,哭声又消失了。她知道是耳朵听错了,但孩子的哭声鼓励了她的冒险行动——不然,她和孩子们怎么活呢?然而,到达粮仓后她失望极了:粮仓的门竟然被生冷的大铜锁锁得严严实实的。她根本无法下手。挨着仓库山墙的,是一个低矮的草棚。没有门,一条草苫子,歪歪斜斜地挂着,里面透出有气无力的烛光。如意闻到了从里面飘出的麦麸和谷糠混合的气息。她使劲咽了咽唾沫。孩子的哭声再次响起。那哭声令她不再犹豫,掀起草苫闯了进去。

草棚无人,老兵不知道去了哪里。那个夜晚,如意勇敢地从草棚里搜出了半袋谷糠和麸子。当她背着布袋溜走的时候,听见斜前方咔嚓响了一声,她坚信那是老兵抚弄枪支的声音。她的身子僵了僵,仿佛看到了老兵那遭遇塌方的半张脸,那只假眼珠子,但背后的声音消失了,四周重新寂静一片。

第二天早起,一袋黄澄澄的谷子忽然自动跑到了如意家门口。她想起了老兵,那假眼珠子和仿佛遭遇塌方的脸突然变得亲近起来。

靠着那袋谷子,如意和孩子们度过了难挨的饥荒。为了表示对老兵的感激,也是怜恤,她挑了几件自家男人的衣服悄悄放在了粮仓。这时,神仙似乎开眼怜悯到了她的难处:一些野兔、山鸡会赤条条地躺在她家门前,劈柴会自动堆在她家门口,田里的活计有时在梦里就干完了。她相信帮助她的是人,不是神。她悄悄地留意过,是老兵干的。

夏天过去,秋意袭上来,天渐渐凉了。一天傍晚,老兵来了。他在看如意,那只假眼珠子却不能成全他的意思,似乎瞄着另外的地方。老兵结结巴巴地说,如意姑娘,那件月白色后面有荷花的旗袍……能穿一次给我看看吗?

如意一下子愣住了。她是村子里唯一穿过旗袍的女人。那件月白色的旗袍是塔夫绸面料,后身绣着一茎荷花,很写意。风轻轻一吹,人就摇曳生姿了。那是在上海时死鬼男人送给她的 20 岁生日礼物,特意找了手艺精湛的江苏师傅定做。男人会画画,她擅长刺绣。她央着男人在旗袍的后身画了一茎荷花,她用淡青和水粉的丝线绣了整整七七四十九天。旗袍上身时,把死鬼男人的眼珠子都看直了。旗袍的丝丝经纬密织着她和死鬼男人多少缠绵和浓情蜜意啊!她坚决拒绝了老兵的请求。日子落满尘埃,爱她的那个人变成了地里的泥土,空气里的空气,她怎么可能有心在另外的人面前穿戴曾经的容光呢?

如意心里藏着一个疑问:那件旗袍从她回村以后就没有再穿过,老兵怎么会知道她有呢?她向老兵追问,老兵支吾了一阵子,始终没说囫囵,木讷地站了一会儿,就转身走了,远去的背影写满孤单和苍凉。

第二天中午,村里突然传出一个消息:老兵被土匪枪毙了!理由是老兵偷了仓库里的粮食。"唉!粮囤塌下一个大大的窟窿哩!"不少人在窃窃私语,有人睁大一双眼睛,一边说一边两手比画了个无限扩展的圆。接着,又有知根知底的人说起老兵的残疾。那人说,老兵以前也在上海当兵,和他一个连部。有一回过马路,为了看一个穿荷花旗袍的女人,居然被车子撞倒了。那人哂笑道:"没出息,是吧?瞎掉了一只眼睛,毁了半张脸,被打发回了老家。人家姑娘恐怕到现在还不知道哩!"

如意犹如当头吃了一棒,那场车祸她似乎看到过。一连几天的夜里,如意睡不安稳了,总是梦见自己穿上了那件月白色旗袍。

村东的乱坟岗不久多出了一座新坟。人们都说,那是老兵的坟。坟是谁修的?没有人说得清楚。

当地人去世后,"五七"是个祭奠的大日子。

老兵的"五七"到了,如意带着孩子们来到坟前。她看到,坟前落满了飘零的纸灰,有一堆没来得及飞散,呼呼冒着蓝烟。她寻思着,似有所悟,仅是给她的一袋粮食,怎么可能让那个粮食囤塌个坑呢?

如意领着孩子们在坟前跪下,叩头,烧了一把黄纸,一沓纸洋,连那件绣荷旗袍也一并烧了。

空　巢

○吴培利

　　下午,方敏回到了乡村老家。

　　老家的院门紧锁。母亲用手机和方敏通话,说她和父亲还在集上,天黑才能回来,钥匙就放在老地方,让方敏自己开门进家。

　　那存放钥匙的地方是厨房北墙上的一个小洞。墙洞口的红砖被摸得发油发暗。方敏从墙洞里摸到钥匙,打开院门。尽管是在冬天,她的汗毛孔还是不由得竖了起来——南屋的门楣上吊着一个比篮球小不了多少的马蜂窝。马蜂们简直欺人太甚,竟然胆大妄为地把巢筑在进进出出的门楣之上。

　　方敏七岁时被马蜂蜇过,在左眉的上方。被蜜蜂蜇过之后的地方,瞬间火烧火燎地痛,肿起了一个大疙瘩,一睁眼就能看到。父亲母亲轮番用指头挤,用醋、蒜、酒、万金油擦拭,七八天才消了肿,永久地留下了一个小小的月牙形的疤痕。从那以后,父亲最见不得的就是马蜂,看见了必然拍死无疑。

　　而现在,不知道父亲母亲怎么肯容忍这个蜂巢存在?趁着眼前的冬季,蜂巢是空的,方敏迅速拿起铁锹,把它捅下来,铲成了几瓣。她甚至踮起脚,用小刀把门楣上蜂巢的残骸一点一点地刮掉。不然,来年的春天,马蜂们还会寻过来,继续锲而不舍地筑上新巢。

破碎的蜂巢无声无息地和一堆垃圾萎在一起。没想到,晚上父亲回来,一眼就看到了蜂巢的碎片。父亲进门时的喜悦忽然淡了,远了,根本忽略了他这个跋山涉水回家省亲的女儿。方敏把给他和母亲买的礼物一样一样拿出来——虎骨酒、羊绒围巾、保暖内衣、棉袜,还有他爱吃的茯苓夹饼、金丝小枣,也没看见他的脸上再露出多少喜色。

吃晚饭的时候,方敏对母亲说,钥匙不要总放在那个墙洞里,不安全。

墙洞里放钥匙的习惯,是这一家人的小秘密。小时候,方敏傍晚放学,一旦家里没人,就会从墙洞里摸出钥匙开门,到厨房打开火,钢精锅里添三瓢半凉水放到炉子上,然后伏在院子的方凳上写作业。水开的时候,她会再向锅里撒三把玉米糁儿,用筷子搅和搅和,敞着锅滚粥。那是多少年前的事了?方敏想:我离开家也有二十年了吧?父亲母亲竟然还将钥匙藏在原来的墙洞里。

母亲说:也不是非要放在那里,还不是担心你回来进不了家?

方敏说:我一年也不见得回来一次嘛。

母亲却说:我们可是做梦都在盼着你回来哪!

这时,父亲说话了,他说的却是蜂巢。他说:蜂窝是味中药,小敏你怎么可以把它铲了去呢,我们老两口还指望它卖俩钱呢!

为了蜂巢而养马蜂?这理由可太荒诞了。方敏在心里摇了摇头,没有说话。

父亲又说,马蜂安个家可不容易。这个窝,它们做了差不多两个月。起初只有两三只蜂,后来渐渐地多了,就成了一个大家族。

父亲还说,马蜂其实很有灵性,你不惹它,它也不会轻易招惹你。你把它们的窝捅掉了,明年,它们也许就不来了。

母亲也接口说:你不知道啊小敏,它们一家子进进出出的,要多热闹有多热闹。你小时候在家,家里不也是……

一些儿时的光景纷飞而来。那时,一把粉红的牵牛花,几穗籽粒饱满的青麦，几枚橙黄的小香瓜，或者水嫩水嫩的玉米，曾经是父亲母亲每次从田里回来给方敏准备的欢喜。母亲说，方敏是老天爷赐给他们的欢喜，他们也要给方敏好多好多的欢喜。然后，他们扑打着粘在身上的草叶、土星儿，舀水洗脸洗手，扯亮厨房的灯。家在这个时候突然喧腾起来。

父亲没有再说下去，方敏则使劲把头埋进碗里。方敏想：时光是一个贼，它不知不觉地把他们的女儿从身边偷走了。如今，父亲母亲早就改变了从田间给自己寻找礼物的习惯，他们只能为心爱的女儿藏好一把家门的钥匙，随时期待着她的归来。

晚年的父亲母亲，你们之所以能够容忍一群马蜂，也是在给寂寞和思念寻找寄托吗？一霎时，方敏的眼里心里噙满泪水。

谭 鞋 匠

○卢群

谭鞋匠生得虎头虎脑,虎背熊腰。如果忽略他的下半身,绝对是个健美的后生。

谭鞋匠属先天性残疾,两条腿从娘胎里出来就蜷缩着,像个枯枝丫似的,既没有活力又不能伸展。好在谭鞋匠的胳膊粗壮有力,两手只要往地上一撑,铁塔般的身躯便轻松悬起,加之谭鞋匠还有两张小巧玲珑的榆木板凳,用它来辅助行走,倒也平稳自如。

谭鞋匠的手艺堪称一流,他上的鞋既好看又结实。别人上的鞋,穿过一年半载,底和帮也许会闹分裂。谭鞋匠上的鞋,即使底磨透了帮穿烂了,针脚也不会有半点松动。

谭鞋匠手艺好,人品也好。乡亲们到他这里上鞋子,方便时及时付款,不方便时缓几天也成。如果有人提出用一个鸡蛋或是半碗包谷抵充工钱,谭鞋匠也总是笑着答应,决不皱一下眉头。对于那些孤寡老人或是家庭实在困难的乡亲,谭鞋匠还会免费服务。

俗话说,人待人好水涨船高。谭鞋匠为人谦和,乡亲们自然也以礼相待。那时乡亲们都不富裕,水牛样的壮汉忙活一年也只能混个半饱。但乡亲们只要有点好吃的总不忘给谭鞋匠留点,路上相遇会主动帮着提工具箱,谭鞋匠的粮草也会有人惦记着挑回。剃头店的张师傅见谭鞋匠来回奔波实在不便当，就在自己逼仄的店堂中腾出一个角，让谭鞋匠摆摊做生意，同自己一个锅灶吃饭，一个土炕睡觉。

男大当婚，女大当嫁。不知不觉间，谭鞋匠已二十出头。打了一辈子光棍的张师傅深知单身汉的苦楚，几次劝说谭鞋匠早点物色对象，不要像他这样白来世上一回。谭鞋匠笑笑说，像您这样不是挺好吗？一人吃饱全家不愁，省去多少烦恼。张师傅摇摇头说，你呀你呀，早晚有后悔的时候。

一日，"豆腐西施"谢桂花来取鞋子。那时谢桂花正奶着娃娃，没有穿抹胸，试穿新鞋时，奶子便从低矮的领口露了出来。谭鞋匠自打离开娘的怀抱，再没碰过女人身子，如今冷不防看到两个白花花的奶子，只觉得热血奔涌，耳热心跳，手指被针扎破都不知道。谢桂花见谭鞋匠两眼直勾勾地盯着自己的胸脯，低头一看，也羞红了脸。

谢桂花的春光泄露开启了谭鞋匠的情窦，从此谭鞋匠的心也开始躁动起来。只要有年轻一些的女人找他上鞋，谭鞋匠总会偷偷地朝人家山丘般的胸脯看上几眼，有漂亮的女子从门前经过，眼睛也会直直地追随。

谭鞋匠的变化没能逃过张师傅鹰一样的眼睛，张师傅便又老调重弹，谭鞋匠虽然没好意思正面回答，眼神里却满是期待。张师傅就利用剃头的机会大声宣扬谭鞋匠的好，拜托大家帮着物色对象。

正当众人为谭鞋匠的婚事担忧时，谭鞋匠身边却多了个嫩笋般的人儿。那姑娘不仅模样儿俊，身段子好，还讲一口好听的吴侬细语。乡里人从没见过这么雪白粉嫩的美人，一个个惊讶得眼珠子差点蹦出来。谭鞋匠喜滋滋地告诉大家，姑娘叫秋月，是杭城姑妈介绍的对象。

谭鞋匠是个孤儿，十几年来没有一个亲戚走动，更没听说杭城还有个姑妈。不过怀疑归怀疑，乡亲们还是为谭鞋匠找到个如花似玉的姑娘高兴。

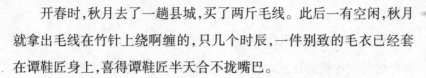

开春时,秋月去了一趟县城,买了两斤毛线。此后一有空闲,秋月就拿出毛线在竹针上绕啊缠的,只几个时辰,一件别致的毛衣已经套在谭鞋匠身上,喜得谭鞋匠半天合不拢嘴巴。

当然,谭鞋匠也有不如意的事情,那就是秋月的肚子始终不见动静。张师傅见状悄悄提醒谭鞋匠别光顾着做生意,床上的事也要勤奋点,早养儿子早得力。"豆腐西施"指点谭鞋匠抽空拜拜观音,请求菩萨开恩送子。李铜匠则劝说谭鞋匠找个郎中看看,生孩子的事情拖不得。每当人们提到这个话题,谭鞋匠的脸上总会闪过一丝忧愁,然后不是打着哈哈岔开话题,就是低着头把鞋绳拉得山响。

日子如紫燕掠波般倏地滑过,转眼到了1975年秋天。这天,谭鞋匠一早起床就觉得心慌慌的、空空的,似乎有什么事要发生。果然,晌午时分店里来了两位客人,见着秋月抱头痛哭,至此,一段凄美的故事才浮出水面。

原来秋月的父母均是大学教授,"文革"期间被关进牛棚。受父母的牵连,十六岁的秋月初中没毕业就下放到农村。到农村不久,秋月就被慧眼识珠的村革委会主任相中。村主任给了秋月两条路,一条是嫁给他儿子,从此吃穿不愁享尽清福;一条是接受审查,游街批斗。秋月无计可施,只有选择逃跑。

那时正值隆冬时节,雪花漫天飞舞,天气十分严寒。谭鞋匠回家取棉衣,巧遇饥寒交迫的秋月。听了秋月的哭诉,谭鞋匠怜意顿生,当即决定收留秋月。秋月开始还有点犹豫,可是看到谭鞋匠一脸的真诚,想想自己又无其他地方可去,便含泪点了头。为了避免麻烦,两人明里称夫妻,暗里为兄妹。共同生活的几年里,谭鞋匠虽然常被一种本能的渴望折磨得夜不能寐,却一直坚守诺言,从未碰过秋月的身子。谭鞋匠的苦衷秋月看在眼里痛在心上,几次暗示假戏真做。谭鞋匠说那哪成,你是城里人,这里不是你待的地方,鸡窝里养不了金凤凰,我不能害你。

秋月的父母解除羁绊后立马打听女儿的下落,吃辛受苦花了两个多月的时间才找到这里。得知事情的原委,两位教授长跪不起,秋月更是涕泪横流。

后来,秋月的父母同谭鞋匠商量,要带秋月和他一起回城。谭鞋匠摇摇头说,我是吃百家饭长大的孤儿,乡亲们对我有养育之恩,我离不开他们,他们也需要我。停了一会儿又说,你们把秋月带走吧,她一直念叨着读书的事,如果有可能,让她继续学业。

回城那天,乡邻们都来送秋月。汽车喇叭催了好几次,秋月仍拉着谭鞋匠的手泪流不止,任凭众人劝说就是不松开。谭鞋匠看看天色不早,狠心扒开秋月的手,反身进屋关上大门,秋月这才一步三回头地哭着离开。

送走秋月,谭鞋匠又当上了快乐的单身汉。

画　师

○卢群

　　斗龙画师宋传侠，幼时就擅写竹。他的墨竹作品，无论枯竹新篁，还是丛竹单枝，都极富变化，极有神韵。他的一位亲戚，见他对竹情有独钟，就拿出珍藏多年的板桥真迹——《墨竹图》，他一下子就被迷住，直至陪同的父亲多次催促，方依依不舍地离开。

　　此后，宋传侠又央求亲戚让他饱了几次眼福。每次，宋传侠都会在《墨竹图》前伫立良久，认真观赏，仔细揣摩，恨不能将其枝枝叶叶全部镌刻进心中。为了达到板桥"心中有竹"的境界，他还在屋前栽植了竹子。每有空闲，便与竹丛为伴，看竹笋破土、竹叶婆娑，观竹节拔高、竹林摇曳。天长日久，笔下的竹子，竟也有了板桥遗风。

　　板桥的祖籍兴化，距斗龙不过百里。这里的人们，十分崇尚板桥的人品和画作。宋传侠出名后，就有商贩寻上门来，愿意高价收购他临摹的板桥作品，前提是必须冠上板桥名号。宋传侠听罢正色道，板桥在我心中无人可比，我岂能为了铜臭欺世盗名？来人见他冥顽不化，连连哀叹可惜可惜。

　　宋传侠的"冥顽"让乡人很是感动，从那以后，他的作品开始紧俏起来，成为有识之士竞相收藏的佳品。

　　宋传侠青年时到日本留过学，结识了几位日本友人。其中一位名叫竹山,是传侠的房东。留洋期间,竹山给了传侠很多帮助。那时,传侠就许下诺言,待日后画技成熟,定当涂鸦相报。

忽一日,竹山来访,传侠喜出望外。寒暄过后,传侠取出笔墨。竹山非常高兴,抢着帮助研墨。传侠提起画笔略一思索,便笔走如飞,只一个时辰,一对翠竹就跃然纸上。细雨霏霏中,那对翠竹相互依托,并肩挺立。实中带虚的竹节,挺拔劲健的竹竿,潇洒秀逸的竹枝,轻盈自如的竹叶,直把翠竹临风擎雨时的安然表现得淋漓尽致。

画罢竹子,传侠又饱蘸墨汁,在画作的右上角,用俊秀流畅的行楷,写下了"兄弟"二字。

传侠题跋时,竹山在旁连连提醒,传侠君,请在"兄弟"前面加上"墨竹"。

这个……行吗?传侠面有难色。

怎么不行?君擅写墨竹,弟酷爱墨竹,题跋"墨竹兄弟",岂不是最好的诠释?

传侠欣然应允,大笔一挥,"黑竹"二字便横空出世。竹山刚想质疑,传侠先声夺人,"墨"即"黑","黑"即"墨"也,一个意思,一个意思。

后有人问起此事,宋传侠笑笑说,我与竹山虽然私交很深,但他毕竟是个日本人,我怎能将画作馈赠给一个异邦人?

1939年秋天,日本鬼子攻进了斗龙镇,烧杀抢掠,无恶不作,把一个好端端的鱼米之乡,折腾得满目疮痍,民不聊生。

一日,鬼子队长宫本一郎笑眯眯地来到宋传侠家中,未曾开口先行了个九十度的大礼。宋传侠知道,宫本是黄鼠狼给鸡拜年——没安好心。开场白后,宫本果然话题一转,说裕仁天皇即将四十华诞,恭请大师即刻绘就一幅墨竹,作为天皇寿诞礼品。宋传侠说应该应该,只是给天皇的寿礼马虎不得,必须精心准备才是。宫本见宋传侠一口应承，高兴极了，连声说"幺西幺西"。

半个月后，当宫本如约而来时，宋传侠的《竹魂》已然完成。四尺宣纸上，一枝崖竹凌空悬挂，竹竿如劲弓满引，欲屈还伸；竹叶似怒剑横施，将吞骤吐。综观全图，竿、节、枝、叶笔笔相应，一气呵成。更有那题跋"竹魂"，笔锋犀利遒劲，与墨竹相互衬托，相得益彰，使得整个画面越发气势逼人。

宫本乃一介武夫，哪里见过如此震慑人心的作品，直惊得目瞪口呆，啧啧称奇。宋传侠却指着画作中的留白说，太君，那些不过是些雕虫小技，真正的亮点在这里。为了给天皇一个惊喜，我用米汤写了一句贺词，这句贺词需用碘化钾才能显示。言罢拿出一瓶药水，用笔饱蘸后涂向留白处。药水所到之处，飘逸的小篆一笔一画显示出来，宫本定睛一看，竟是"天皇万岁"。"幺西幺西"！宫本手舞足蹈，大喜过望，不料将一旁的墨汁泼洒到画作上。惊惶间，宋传侠连忙说不碍事，我重画一幅便是。再说，掩藏的祝福语须在天皇面前显现才会妙趣横生。宫本跷起大拇指说，"幺西幺西"，还请宋君多多费力。

裕仁生日那天，宋传侠的《竹魂》如期呈上。祝寿的官员听说画作中藏有玄机，一个个把脖子抻成了长颈鹿。谁知涂上药水，现出的竟是"还我河山"四个大字。刚劲有力的魏碑，一笔笔一画画，似匕首如投枪，直刺裕仁心窝。

消息传到斗龙镇，正企盼着升官嘉奖的宫本大惊失色。宫本自知罪责难逃，临死前还想拉个垫背的。谁知待他气冲冲地扑来时，宋府早已人去屋空，唯有那一丛竹子，在替主人守护着家园。

骗　匠

○ 卢群

长河当骗匠纯属偶然。

那年,长河应江伯之邀,到邻村的元庆家劁猪。江伯是名声最响的骗匠,经他骗过的牲畜,一个星期就能痊愈,因此常有人舍近求远请他去。

谁知那日刚到元庆家,江伯突然手脚麻木动弹不得。长河此前已有过两次陪同经历,亲眼目睹过江伯劁猪骗羊,于是,对主人说要不我来吧。你?行吗?试试吧。言罢拉过猪来,学着江伯的样子,一手温柔地给猪挠痒痒,一手悄悄操起手术刀,把刀刃在炉火上烤几下,左手轻轻撩起猪的一条后腿,右手旋即捅下去,在猪胯间划开一道两厘米长的口子,然后将刀柄往嘴里一衔,伸出右手的食指和中指,从刀口里掏出个物件来,"扑哧"一声挤出两个蛋蛋,前后也就几分钟的工夫,猪的俗根已被解决。动作之快之准,连江伯都暗自称奇。

此后,只要听说要劁猪骗羊阉鸡的,长河总是自告奋勇。家人见长河上了瘾,心里老大不高兴。在他们看来,长河好歹初中毕业,怎么着也应有个体面的工作。于是,求张三拜李四,终于在县五金厂谋了个合同工,谁知长河死活不肯去。家人气急败坏,说我们辛辛苦苦供你读书,难道是让你当骗匠?你知道人家称骗匠什么吗?下九流!长河反驳道,骗匠怎么啦?骗匠靠手艺吃饭,一不偷二不抢,有什么见不得人的?父亲跺着脚骂道,你就倔吧,有你后悔的一天。

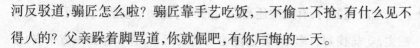

不久,县里开展征兵工作,心有不甘的父亲再次托关系,好不容易争取到个当兵的名额。带兵的听说长河有文化,人又长得机灵,一下子就喜欢上了。谁知长河对带兵的说,我虽然向往兵营,但我更喜爱农村,毛主席说,农村是个广阔的天地,在那里是可以大有作为的。现在城里的知识青年都响应号召上山下乡,我是个农村青年,更应该带头做出表率。

长河的再次违拗,气得父亲差点吐血。消息传到公社革委会,革委会主任激动得直拍桌子,好哇,咱们正差个扎根农村闹革命的先进典型,这真是踏破铁鞋无觅处,得来全不费功夫!第二天,上级找长河谈话,让他担任大队民兵营长,长河没反对,高高兴兴应下来。

那时正是文化大革命如火如荼的时候,村里的造反派们整天忙着造反破四旧,闹得乡邻人人自危。长河上任后的第一件事,就是释放关押的“牛鬼蛇神”。长河说,这些人罪大恶极,把他们关在那里享清福,岂不是太便宜他们了?应该让他们劳动改造,好好反省。造反派本来对长河的举动有所怀疑,听他这么一讲,倒也觉得合情合理。

在“牛鬼蛇神”中,有个地主子女叫翠玉,是长河的同学。“文革”初期,翠玉的父母就被揪进牛棚,批斗游街遭凌辱,父母吃罪不过,双双寻了短见。父母“畏罪自杀”后,翠玉“顶替”进了牛棚。

看到翠玉遭罪,长河心疼得厉害,做梦都想帮助她。当上民兵营长后,长河利用职权,尽量为她开脱。一次,乡中的几个红卫兵气势汹汹来抓翠玉,长河挺身将他们挡在门外。长河说,一人犯法一人当,翠玉生在新社会长在红旗下,充其量只能算可以教育好的子女。既然可以教育好,就应该用一种文明的方法,而不是极端的手段。

还有一次,长河听人说村里的老光棍石癞子对翠玉动了坏心,晚上常常敲她的门,有几次还当别人的面对她动手动脚。长河一听火冒三丈,立马找到石癞子,警告说他是民兵营长,有权保护一方平安,谁要是敢动歪点子,当心我骟了他!说完掏出手术刀,做了个夸张的劁猪动作,吓得石癞子尿了一裤子。

时间的年轮飞驰而过,转瞬长河已二十五岁。这期间常有热心的人上门做媒,可是长河不知怎么又犯起了"倔",不管谁来说亲,看都不看就一口回绝,直到母亲以死相逼,才勉强应下一门婚事。

结婚当晚,长河把自己灌得烂醉,然后呼噜呼噜一觉睡到天亮。醒来后不顾新娘子的感受,居然提出约法三章,要求同她只做表面夫妻。好在新娘子不愿同他撕破脸皮。后来长河的母亲遭遇车祸,躺在床上数月不能动弹。新娘子极尽孝道,日夜侍奉在旁。长河被其感动,这才有了夫妻之实。

长河从民兵营长干起,没几年就坐上了村里的第一把交椅。这期间,公社曾几次要调他过去,都被他婉言拒绝。人们不理解,问他是丢不开手艺,还是离不开故土。长河笑着说,兼而有之。

事实的确如此,即便是当了干部,长河的手艺仍没丢,只要有人求助,他都会答应。

长河最后一次操刀是骟马。骟马不同于劁猪,得几个人帮忙才成。那天不知是绳子不结实,还是马的劲太大,长河还没来得及拿刀,急红眼的马就挣脱羁绊,朝防不及防的长河飞起一蹄。这一蹄正中要害,待大家反应过来时,长河命已归西了。

长河啊,你不是说要保护我一辈子的吗,怎么就先走了呢?长河啊,你说你傻不傻啊,我说我成分不好,不值得你稀罕,可是你偏不听,错过那么多大好机会。长河,你不值,你真的不值啊!呜呜,老天爷啊,你怎么不长眼呢,该死的是我,该死的是我啊,呜呜……入殓那天,一身素衣的翠玉突然撞了进来,"扑通"一声哭倒在长河灵前,任谁劝都不起来。至此人们才明白，长河的那些莫名其妙的"倔"，竟是为了翠玉不受委屈。

上帝的答复

○刘燕敏

　　汤姆是一名孤儿。2003年圣诞节,他在美国加州的塞尔西孤儿院给上帝写了一封信。

上帝您好!!

　　您知道我是一个听话的孩子,可是,您昨天送给哈里一个爸爸、一个妈妈,而您连一个姨妈都不送给我。这太不公平了。

　　　　　　　　　　　　　汤　姆

　　这封写有"上帝亲启"的信,最后被转到神学博士摩罗·邦尼先生那儿,他是《基督教科学箴言报》专门负责替上帝回信的特约编辑。

　　摩罗·邦尼博士接到汤姆的信,马上就明白了,哈里被人领养了,而汤姆没有,他依旧被留在孤儿院。

　　如何答复汤姆呢?摩罗·邦尼博士知道,最直截了当的办法,就是找一家愿领养孩子的人,然后秘密地办理领养手续,待一切办好之后,给汤姆回信,说:汤姆,我的孩子!我真有点疏忽大意了,像您这样好的孩子,是不应该没有爸爸妈妈的。明天我一定给您送去。

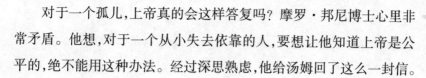

对于一个孤儿，上帝真的会这样答复吗？摩罗·邦尼博士心里非常矛盾。他想，对于一个从小失去依靠的人，要想让他知道上帝是公平的，绝不能用这种办法。经过深思熟虑，他给汤姆回了这么一封信。

亲爱的汤姆：

我不期望您现在就读懂这封信。不过我还是想现在就告诉您，上帝永远是公平的。假若您认为我没有送给您爸爸妈妈，就是我的不公，这实在让我感到遗憾。我想告诉你，我的公平在于免费向人类供应了三样东西：生命、信念和目标。

您知道吗？你们每一个人的生命都是免费得到的。到目前为止，我没让任何一个人在生前为他的生命支付过一分钱。信念和目标、生命一样，也是我免费提供给你们的，不论你生活在人间的哪一个角落，不论你是王子还是贫儿，只要想拥有它们，我都随时让你们据为己有。

孩子，让生命、信念和目标成为免费的东西，这就是我在人间的公平所在，也是我作为上帝的最大智慧。但愿有一天，您能理解。

您的上帝

这封信后来被刊登在《基督教科学箴言报》上，成为上帝最著名的公平独白，同时也使很多人第一次真正地认识了上帝。

钥　匙

○吴守春

中秋节，我们全家起了个大早，赶回老家。我们是想给母亲一个惊喜。

昨晚，妻打电话给母亲，谎称没时间回家过中秋，妈妈你就不要准备了。其实，我们是怕母亲破费。她老人家总以为我们苦大仇深，每每回家，恨我们嘴巴小吃少了。让她老人家这样操劳，简直是我们这些做子女的罪过。

母亲顿了顿，说，你们工作忙，不回来就不回来吧。我一个人在家，你们放心，月饼我都买了几盒。好在你弟妹都打电话回家问安了。只要你们心来家了，妈就知足啦！

到了老家，母亲的房门、二弟、三弟的房门都开着。今天是怎么了？平时，我们回家，二弟、三弟的房子一般都是铁将军把门。我恍若感到弟弟们都在家等候我们团圆的亲切和温馨。房子锁着多少让人产生人去楼空的苍凉。

母亲正在家中抹扫。

怎么，你们不是说不回来吗？我昨晚不是说过叫你们不回来吗？你爸去了，妈身子骨还硬，一个人也过习惯了。端公家碗就得服公家管，怎能随便丢下公家的事一走了之?!

我说:妈,弟妹们在外面经商,我们怎么可能不回来呢?你不要担心,今天是星期天。我们是怕你张罗多了,打扫战场吃剩菜喝残汤。

这……这……我搞什么给你们吃呀!我们的出其不意闹得母亲措手不及。说着,母亲转身下厨房,腰带处发出金属摩擦的响声。

妻好奇,问:妈,你一走路,咋贵妇人似的环佩叮当?

母亲说,钥匙。说着母亲撩起褂子,露出一大串钥匙。

我插话:妈,你把这些钥匙挂着,多麻烦啊!

母亲脸一沉,说,这些钥匙,就是我的家嘛。家,当然要时刻牵挂着喽。

父亲去世,我把母亲生拉硬拽地接到我家,她一个人太孤独了。在我家待几天,她急得像热锅上的蚂蚁,要回老家。妻怨嗔地说,妈,难道这里就不是你的家?母亲苦笑,说,谁说不是我家?你们这屋有你们住着,你二弟、三弟全家外出打工,门长年锁着,家不像家。屋要人住船要人撑,几天不开开门窗,就发霉。家业再大,没人住没人看,也难成个家,屋就是人住的嘛。我回家,你们老家门楼不就撑起来了。临离开我家,母亲什么也不带,只是要了我们所有门上的钥匙,说是以后来,我们上班,她好进出。

我把系在母亲腰带上的钥匙解了下来,一数,67 把。我掂掂,咂咂嘴,说,足有半斤重呢。

母亲欣慰,说,过去村东大财主石一万家驴驮钥匙马驮锁,想不到三十年河东三十年河西,我家也有68 把呢。

你数错了吧,是67 把。我纠正。

母亲坚持:68 把。

母亲对着那些钥匙,像数家珍似的告诉我们:这是我的大门……这是老二家厨门……这是老三家贮藏室……这几把是你家的。

我对母亲的记性叹为观止。

母亲又说,你们都说不回家过中秋,我今儿早特地起得比往常还早,把几十道门全部打开,让庄子上的人以为你们都回家团圆了。把门打开,我呢,心里也就当你们都回家了。

　　再次数那串钥匙,还是 67 把。

　　我想,母亲是想让全家都发,讨个口彩吧。

　　我们正猜测,母亲从厨房出来,手里拿着一把钥匙,冲我妻说,这还有一把,在枕头下。我一看,母亲手里捏的钥匙,是寄存父亲骨灰盒灵位的那把。

爷爷去过北京

○吴守春

小军的爷爷在北京打工，每年能挣好几千块钱回家。小军为自己的爷爷感到自豪。

爷爷春节回来，小军好奇地问：爷爷，北京远吗？

爷爷说：远，坐火车都要两天一夜。

小军又问：北京大吗？

爷爷说：大呀，大得不能再大了。

小军问爷爷：天安门城楼你上过吗？

爷爷想了想说，当然上过。

小军说：爷爷，那你一定去过人民大会堂，一定看过升旗仪式了。

爷爷道：那还用说。我还在大会堂椅子上坐了坐，嗨，比坐在家里的板凳上受用多了。去北京，不去天安门广场，还能算去过北京吗？我们小时候，站在村头，眼望北京。想不到老了，还真的到了北京呢。

小军又问：八达岭你也去过？

爷爷问：哪个八达岭？

小军说：八达岭你都不知道，就是长城呀。

爷爷连连说：去过去过，我们工地就在长城脚下。

长城雄伟吗？小军睁大眼睛。

雄伟雄伟,比我们家院墙高多了。

爷爷还说:北京有好高的大楼,抬头都要掉帽子,还有北大、清华。

又一个春节,爷爷从北京回家过年,家里来了几个客人。吃饭的时候,小军的表叔眉飞色舞地说:今年,我们全家人一道去了北京。爷爷说:你咋不到我那里去? 表叔说:你没手机,我咋联系到你? 爷爷说:也是,也是,北京那么大,你咋找得到我。我们工地说是在北京,其实,离市区还有几十里路。

表叔言犹未尽,说:北京确实值得一玩,长城、故宫、十三陵,还有恭王府……北京就是北京。爷爷问,那些地方你都去过? 表叔说:既然千里迢迢去了,当然要去。爷爷说:你说的那些地方,我一处也没去过。去年,我们工地就在长城脚下,我都没上过呢。表叔惊讶:嗨呀,你咋不上长城? 爷爷说:我们在北京,搬砖、搅拌混凝土,整天累得人不人鬼不鬼的,哪有闲心上长城。我在北京是打工挣钱,你到北京是旅游观光。麦苗和韭菜区别大着呢。

小军听了,愣怔半晌。

北京,成了小军心头一块不能触及的痛。

又一年春节,爷爷卷着铺盖回家了。爷爷身体垮了,爷爷从工地回老家了。

这回,爷爷带了一大把礼物交给小军。爷爷说:这些是北京旅游景点的门票,门票有景点内容的介绍。

久旱逢甘霖似的,小军说:爷爷,你到底有没有上天安门城楼,去故宫,游长城?

爷爷说:临离开北京,我下决心想把北京玩个遍,可北京景点太多,全部玩过来,没有一两千元拿不下来。爷爷起了大早,跑到天安门,看了升国旗——看升国旗不要票。看完升旗仪式,打算上天安门,一问票都40块一张,我就没上去。离开天安门来到故宫,你猜咋着?

门票竟要100块！后来，转到长城、十三陵，门票都贵得吓人。

　　我早几年玩就好了，那时门票便宜，能省多少钱哪。其实，这些地方，我在电视上都看过。你将来长大了，有了文化，进去才能看出门道。我在这些景点外捡了一些花花绿绿的门票，带回来，谁还能说我舍不得上天安门、舍不得登长城？

　　在那些花花绿绿的门票中间，夹了爷爷的一张外来民工暂住证。

　　小军把这些门票精心收进文具盒里。

　　有一天，这些门票叫他的同桌发现了，同桌像发现新大陆似的问：小军，你去过北京？

　　小军歪着头，说：我没去过，难道还不允许我爷爷去过?!

查　分

○吴守春

何主任的生活特别有规律,雷打不动,按时休息。这晚,却破例没有准时就寝。老婆问,加班赶材料呀?何主任不置可否,手一划,示意老婆先睡。

何主任抽着烟,反剪着手,在室内领导似的来回踱步,眼睛不时瞅瞅壁钟。时针总是那么老牛拖破车,分针也是四平八稳不急不躁,只有身材苗条的秒针还算理解他此刻的心情,急匆匆向既定目标奔。晚报上公布了,午夜12时,才能查询到考生的分数。选择这么个临界时间,不是故意刁难考生家长吗?

好不容易到时间了。何主任一个箭步抓到话筒,拨打查询电话。

占线、占线、占线。总算打进去了。朱成成的分数令他不寒而栗:310分。理科最低分数线是350分。朱成成今年再度名落孙山。

何主任失望沮丧,颓然跌坐在沙发上。去年,朱成成没上录取线。按说,重读一年,起码能多考些分,哪知,又没过录取线。这孩子咋就不多考点儿呢?要是进了投档线,他会在第一时间向朱镇长恭贺的。朱镇长肯定会惊讶地问:你咋知道分数的?他会如实禀报是如何弄到朱成成的准考证号码的。什么事比成成考大学重要啊!他的回答足以令朱镇长感动。何主任像没头苍蝇似的乱转,一时想不出补救的办法。

老婆被他吵醒了。当老婆弄清楚怎么回事时,尖刻地奚落:朱成成又不是你的种! 朱成成考砸,活该,总不能好事都让他家独吞!

老何白了老婆一眼,不吱声。

老婆一个激灵:你查小宇分数了吗?

小宇是老婆娘家侄子。

老何说,我咋知道小宇准考证号码? 没有准考证号码,咋查?

老婆说,朱成成与你八竿子够不着,你都知道他的号码!

老何闹了个红脸,敷衍道,小宇十拿九稳,高枕无忧,用得着我们烦神?

老婆说,你既然这么关心人家朱成成,得打个电话给老朱呀。

老何说,秃子护头,老朱最怕人家提孩子成绩。

老婆说,那你也得抢在第一时间打过去关心关心,动作慢了,效果可就不同了。

老何略一思索,用手机拨了朱成成家的电话,打通后,又迅速掐断。怎么说呀? 不是叫朱镇长尴尬吗? 那样,可就适得其反了。天刚刚亮,老何家电话响了。是小宇父亲打过来的报喜电话,小宇考了六百多分。老何说,我正准备打电话问呢,你就把电话打过来了。好啊,我这做姑夫的脸上光彩啊。放下电话,老何心中越发不踏实:小宇考得拔尖儿,咋就冒出这个高分,要是考个三百二百的……

小宇父亲的来电,启发了老何。老何分别给几个熟人拨电话,这几个熟人的孩子都参加高考,考分竟都在本科分数线之上。老何一律地恭维,对方一律喜形于色地对老何的惦挂表示由衷的感谢。熟人小孩高考的,电话都被他拨遍了,也没有他要寻觅的分数,这令老何失落——朱成成这孩子好像在和我们大家过不去啊。

现在,只差朱镇长的电话没有拨了,再不拨,错过了时间,上班见面再问,就太显得麻木、毫无意义了。

　　"榜上无名,脚下有路。"老何想到了这条标语。老何又想到一些名人也没上过大学,照样当名人。老何甚至想到与朱镇长关系很铁的"包工头"张铜锁,没进过高中门却腰缠万贯……此刻,用这些来安慰朱镇长实在是苍白无力。有了——他拨通了朱镇长家电话:朱镇长吧,我昨夜就给你家拨电话,手机打的,掉线,考虑到你们休息,我不敢再打搅。你家成成分数出来了吗?一定考得不错吧?今年的喜酒我是喝定了。去年,嫂子把人情给退回来,今年,我们要大贺一场。温故而知新学而时习之嘛。老何连珠炮似的把准备好的台词一气抖搂出来,不敢留一点空隙给对方接茬儿……什么?考了320分?不会吧,怎么可能呢?肯定是分数统计错了。没错?……这……唉,朱镇长啊,你得冷静,不要给成成压力,拔掉斧头再重砍。我老婆娘家侄子今年"高五",才考了310分。

　　厨房里传来金属撞地的声音。老婆从厨房跑出来,惊问:你说啥?小宇才考了310?

　　老何一脸的坏笑,腾出另一只手,示意老婆别惊惊乍乍,继续冲话筒说,朱镇长,上大专也是一样,走上工作岗位,再读党校什么的,机遇比比皆是。你我都是中专,现在我是本科,你不是研究生毕业了?我老婆打电话给她哥,鼓励她侄子上大专,大专全称不是大学专科嘛。总之,成成的喜酒,我是一定要吃的,孩子的一生大事呀……

青春的吉他

○刘玲

　　大学的时候,青春的时光清澈而缓慢,眼睛多次停留在宿舍窗口的梧桐顶端,看着蓝天白云,指尖弹奏着流行的音符。

　　吉他的牌子是红棉,火红的那种,不光是我,其他姐妹也喜欢用很大众的姿势抱着它,嘴里唱着,手划拉出貌似流行的元素。

　　我整日弹唱,从最初生疏地抠弹,到后来能闭着眼睛弹,直至不用乐谱。《同桌的你》《青春》以及在上世纪 90 年代中期流行的那些旋律,日日在女生宿舍回荡。不过我没有穿着布衣长裙斜背着吉他走过操场,总是手提着大步走过,我觉得那样的话虽然时尚但有些矫情。

　　最后一个学期的春天,我和外语系的一个女生到公园滑冰,认识了一位军人。学外语的小妹海威,秀外慧中,兵哥成熟潇洒,我以为他们一定是会有一段故事的。

　　天开始热起来,快毕业了,学校的生活有点乱。一个午休时间,我被楼下的门岗呼叫,于是披着头发,穿着拖鞋下来,与兵哥哥隔着栏杆对话。

　　我说,我叫海威去。

　　他急急地摆手,不用不用。

　　于是,在那个已经有炙热感觉的初夏,我穿着午休的衣服,和他在操场边走了走,走到树荫下就停一会儿。他说他的吉他已经破音了,等考上军校的时候再买一把。

我说,哦,我的吉他跟着我亏大了,只会那么几首。

我们走着说着,有时候会突然无话。

我告诉他,我已经有了一个听我弹吉他的男生。在夏日午间寂静的操场上,听着蝉鸣,我们有点局促地挨过了吉他的话题。

离校的前一天,他带战友突然找到宿舍,为我带来了一本书,扉页上潇洒地写着祝福的话,大意是希望我以后有一个好的归宿。当时感动里有一些羞涩,因为当时还没有谁会直白地告诉你,希望你嫁得好。

我给他留了家里的电话,他说考上军校会打电话告诉我。那天,我站到学校门口的人行道边上,看着他和战友走远。心情没有什么特别的,这只是一个与青春有关的故事。

那天,他送了一把新的红棉吉他给我,带走了我的那把。

后来,再没有见过他,我想他一定考上了军校,没有告诉我,或许也是与青春有关吧。

结婚半年后,我带走了留在母亲家里的最后一摞书,几百封装在鞋盒里的信,和那把吉他。那晚的月光很白,地面也白白的一片。表弟蹬着脚踏三轮,我坐在后面,心凄凉得像一汪冰水——带走这些东西,像抽去了我连着这个家的最后一根丝。那把吉他被我横放在膝上,手小心地握着。当时,肚中的女儿已经孕育五个月了。

结婚,像进入了另一个世界,陌生的境地充满了防不胜防的历练,我过得很虚弱,如同一直在病中。

吉他,已经尘封了的样子,偶尔拨弄,生涩的嘶哑赶快让我住了手,心悸地看它很久。直至后来,它竟然成了家里横竖无处安置的物件。

其实,心是很痛的。对我而言,这把吉他所承载的,已经与音乐无关,它的存在让我触到了曾经一览无余的青春,和青春时节的憧憬,那种憧憬是与如今的生活完全脱节的一种向往,而吉他是常常让我内心升腾起对现实怨恨的一条线索。

触摸青春,是很痛的。

女儿就要出生了,一个傍晚,我到楼下的便利店买东西,便利店的小老板是个二十出头的小伙子,整日里抱着一把破吉他,弹奏出来,倒也畅然。

他为一个把握不住的和弦恼怒不已,我过去给了他一个建议。小伙子很惊奇,并亲热地说了自己的烦恼:这把吉他是他姐夫的,破得不行,自己想有一把红棉吉他。

我忍着心疼说,来,我给你一把。

我在黑暗中摸索着上楼取了我的吉他给他,小伙子接过去,颤抖着声音说:谢谢姐。

心痛并没有到此。第二天,小伙子硬是敲开了我的门,从防盗门的缝隙里塞给我五十元钱,任凭我怎样喊,这孩子还是残忍地隔断了我对青春的最后一点怀念。

我抚着五十元钱,哭出了声。

妈妈的话

○刘玲

　　我早年是从乡下转学到妈妈身边来的,住在厂区家属院,成群的孩子整天腻在一起疯。上个世纪八十年代初,极少条件好的家庭有了黑白电视机,一到晚上,孩子们就要结伙儿串门儿看电视。临出门妈妈总要叮嘱我和老弟:"到人家家里不要打闹;看人家有睡觉的意思了,就赶紧起身回家;坐凳子要规矩,不要发出声音。"所以世代在土坷垃里刨食的我们家,文化不高的父母养育了我们两个还算知书达理的孩子。

　　渐渐成长了,妈妈又说:"看到别人有好吃的,不要眼馋,更不能伸手要。你们还小,能解决问题的只有妈妈,如果妈妈给不了,就忍着,总有一天会吃到的。"以至到今天,我和弟弟从来没有垂涎并伸手要过别人口袋里的东西,如果想要就忍着,努力自己赚到。

　　小时候经常有乞丐上门,妈妈总是支我和老弟给他们递食物,她常说:"有话送给知人,有饭送给饥人。"以当时的年龄,对前一句我们尚且懵懂,但牢牢记住了后一句。我和弟弟一直保持着来自母亲的淳朴,这种品格让我们拥有了很多朋友,在我们遇到困难时温暖我们,不离不弃。

　　我读到高二的时候,因为偏科,上学很吃力。正逢妈妈厂里推荐子弟上学，那时候国营企业很红火，毕业后能到国营工厂上班是很多女孩子梦寐以求的事情。厂领导许诺妈妈，你家闺女毕业后可以优先考虑到厂办。送走领导，妈妈转脸对我说："有我在车间里敲瓶盖儿就够了，这活儿不缺人手，你好好上学。"于是我只能硬着头皮读书。终于，我没去敲瓶盖儿。

读高三的时候，为了缓解高考压力，五一节我和我的同桌相约去登山。同桌是福建来的男孩子，登山回来我们在街上喝饮料，被妈妈看到了。晚上吃饭的时候，妈妈敲着筷子对借住在我家的表妹说："到这个年龄，真要谈个恋爱了什么的，当姑姑的我也不拦你，心是拦不住的，但绝对不能胡来。"老妈旁敲侧击的话让我大学期间心境安然地有了自己的初恋。

大学毕业后，我和男友分手，各自回了家乡。最初这份感情当然是放不下，在家里再怎么掩饰，也还是会被亲人感受到。一天，我们一家看电视，突然老妈说了一句："有些感情，忍一忍就过去了，没有放不下的。"看似她在说剧情，但我知道这句话是说给我的。于是，我就忍住了这份痛。

我下决心走出婚姻的那天，是和妈妈一起送侄女上学，她叫住转身走的我，看着我的脸说："离了婚，可别生气，路还长着呢。"妈妈怜爱的目光让我没来得及转身就潸然泪下。离婚后，我带着女儿生活得很谨慎很坚强，因为我答应了妈妈不哭。她说，喜欢哭诉的女人，一定不知道亲者痛仇者快。

我单身以后，刚强的妈妈人前人后没有说过夫家的一个不字。一天，一起做家务，我大概说到，那边的老人对我就像我是他们的亲闺女，现在也是。妈妈提着铲子停止了做菜，似乎是下了决心地说："在一起生活的时候，不要光想对方的坏处，分开了就不要总想他的好，这样才能安心过日子。"

我愣住了，这就是只有小学文化的妈妈说的话。

唱　戏

○刘玲

三叔跟我一个属相,比我大一轮。弟兄六个里,那年代出来一个吃公饭的已很了得,何况是在日本留过学,后来我读他的《樱花梦》方才知道,说是留洋,因为读的是农业,实际上也下地干活。

家里出了这么个孩子,该是一家人都在这光环下活得体面,有心的话,续着海外的关系,子女侄辈中也是要有人能出去,这在当时都是简单的。

回国的三叔,每写一个字都是那边的爱情,又仿若剩下只会唱日文歌,画一幅画都是配日体的诗。

谁想,这样的才子会不正常到成为家族的笑谈,而留洋的经历更促使大家对他抵触,培养一个留洋生,最后有什么用,家里有哪个的出路是你引头来的? 还要一大帮种田的帮衬你。

村子里捐庙宇,有头脸的被族人邀回去,他的名字在第一页上排,最后落的是这个版本,刘家老三在大家齐跪拜的时候,在路西水塘边啃那妖艳女人。我那时已工作,跟我说的人其实是臊我家,却装着有多愤恨,你知道,那女人不是你三婶婶。

后来,三叔成了族里叔公婶娘鲜有耐心说起的人。我结婚时,他竟是连侄女成婚都不出礼,坐在我跟前,还是说那些话,说,小辈儿里你跟我最相像,会作文写字,我这辈子都怨了你奶奶,用命逼着我回来,我回来还不是和你那暴戾的三婶分开,如今消磨的,每天只想讨杯酒喝到云里雾里。

他常指着我对旁人说,这侄女,文采是和我一样好的,就是性子太倔,难变通,不好。我习惯顶他,谁要跟你一样。这时他会压低声音说,我要回来也是有你的作用,那时候你十八岁吧,你倒是信里没说一句大道理,就写你小堂弟,吃饭睡觉玩乐的场景,我能不回来?否则,断不回来。

大抵因为我相信是有这样的理由,心存隐隐的愧意,跟我至亲叔叔的幸福比起来,我当然宁愿他背负背叛的名声,哪怕我们一起来背负,也不想他就此成了一个不正常的人,所以我有一些不忍跟大家笑谈他。

后来,竟被人漠视到伺候奶奶的份钱都不要他的,分完了数目,也没人联络他,妈妈就再掏出一份说,他,只当我和你大哥还在供。

三叔说,他读大学,大哥大嫂一个月余外给他五块钱零用,钱叠好,用牛皮纸包上几层,在太阳下照几照,确定发信的或者带信的不能看到里边有钱,才会封好随信寄出。

知道我离婚,他在电话里咆哮,这个你也要学,看看吧,家里学历最高的两个人,会写字的两个人竟然……啪一声挂掉。

奶奶走的那天是正月,破五,天寒地冻,也是门板上放好了穿戴整齐的奶奶才告知三叔。大家的漠视其实也有心疼的成分,这时候的三叔听说已经弓背,酒精早已烧坏大脑。四十八岁的年龄是这样的状态。

他一出现,在奶奶灵前的一趔趄,我以为是情绪失控,稍一会儿,我就知道,他是要毁掉了。我妈还没哭奶奶,就先一声哽咽,怜惜说,

— { **111** } —

这不争气的老三。

葬礼前夜是初六，竟是清冽冽的月牙在天上，农村天地阔，更有人放烟火，我们在灵棚里稍歪一下身子看出去，就是一簇光。我们一会儿哭一下奶奶，一会儿有人去做饭一碗碗送进来，一会儿也摸出一副扑克来打。

给奶奶请的戏班子在巷子头灯火通明地唱，那唱的人到尾音都是一顿一顿，就像平常哭到气不畅，或者猛起来一声号哭，总之，这个时候是唱哭戏就对了。

我想，这班唱戏的今晚真是泄气，若不是提前拿了主家的钱，真会收东西走人。戏台下没有一个人来看。偶尔会有一个路过的，站定超不过半分钟就走掉了。有几辆三轮车载满满的人，从戏台下呼啸卷过，减速的迹象都没有。

是这样的原因，邻村新任的支书选前给村民有承诺，当选的这个新年给大家请大场面的戏，连唱三天。下午就有这个消息了，说的大场面当然是午夜时上演女人的脱衣舞，十里八乡都会是车载马拉地去，谁肯留下来看这些穿衣服的唱哭戏。

二婶边起牌啧啧咂嘴，边说，你奶奶一辈子辛劳，光知道生儿养孙，大戏唱到门里都不得空闲看一眼。娘啊，二婶拍拍棺木，今晚一台戏唱给你独个来听。

这时候，三叔从草席上的一堆棉絮里钻出来，拍拍身上的草籤子走出去。

突然换了男生来唱，先是悠长的一声饮泣，之后口气很大的一字一句唱来，大概父辈们知道是哪出，我是惊异这个男主气场颇大，台下无人观赏也要唱得这么气吞山河吗？二婶歪头听一会儿，颇肯定地对我们说，是齐庄的老魏头。我手里碗放下，说，是老三。说着跑出去。

三叔一身素服,头上的孝帽也端端正正戴着,板板眼眼的唱腔,规规矩矩的吐字,跟平时一时兴起的洋相唱法是不一样的,身着大孝本就是长袍也有水袖,三叔唱念起范儿如入无人境地。

这时候的三叔被酒精烧坏的大脑一字不差记了这么多戏词。当唱到有一句是"娘啊",他一下跪到台上,就这样跪着唱完,就是跪着背也不弓。

唱了几出老戏的三叔,脱了孝服,我以为就此完结。谁想,着西装的三叔更加换了神采,两目放光,走到台中央定一下,说,娘,现在开始唱歌。

三叔唱日本歌,间或还有日本的细碎舞步。需要自弹自唱的,电子琴马上从角落抬到舞台中间,那弹琴手就沦为三叔的话筒架子,三叔要用两只手弹琴。

我想我是不会忘记这个场景了,我觉得他除了在拿心唱戏给奶奶听,也是把经年消磨只剩些许的一点点哀怨用唱歌的样式说给奶奶了。他从日本回来,没有唱过这么多的日文歌。

就像在奶奶灵前我有的直觉,我当时觉得三叔是毁掉了,那就是毁掉了。差不多一年后的深冬,三叔走了。

他有抑郁症,或者是酒精中毒,都是有的,我们甚至没有要医生确切的定论,就在第二天送他上路。族里家人来了十几个,匆匆赶来,都还穿着干活的行头,想是安顿了他还要赶回做工,大概都算过时间,不过一两个小时就去继续自己的轨道,那些惋惜的嗔怪的回忆他的话,都可以放到干活里说。

在殡仪馆的告别厅,我看到打扮一新的三叔,穿着中式的衣服,戴着毛呢的鸭舌帽,我记得他大学时候的一张照片就是戴着这样的帽子。

到火化间,允许两三个亲属进去再做最后整理。我那个后来再娶的新婶婶是拿过三叔单位的份子钱之后才哭晕,最后不能进去,三叔唯一的孩子因为更加特殊的原因我们对他隐蔽了消息。

最后,进去为他整理的是四叔和我们姐弟。我是唯一得了他遗物的,他的所有手稿,当然就有那本印成书样的《樱花梦》,他只有这些,都给了我。

当炉门打开,火化工就要推他。四叔用脚踢我一下,跪在地上的我一个轻轻的前扑。四叔说,跟你三叔说一句。

我想的是叫一声三叔,再说句你走好之类的话,说出来却是:奶,咱家老三给你唱戏来啦。

化 刀

○江泽涵

　　快刀是一名刀客，一名雄心勃勃的刀客。

　　他的刀很快，快得令人看不清他是怎么出招的。只需刀光一闪，不论对方是何等老辣的角色，都必然倒下。江湖人赠号"刀祖"。

　　慢刀是一名刀客，一名抱负远大的刀客。

　　他的刀很慢，慢得比年老力衰的老太婆出刀还慢。但是，迄今为止，没有哪个高手能接下他一刀。江湖人赠号"刀圣"。

　　没有人知道他们师出何门，只知道他们都是高手，被人奉为"神话"。

　　江湖人都希望能看到他们的惊世决战，快刀、慢刀也不例外。

　　晨曦微露，溪流下游，绿草茂密，古树苍翠，两块岩石上各立一人——快刀和慢刀。

　　在快刀寻慢刀的途中，在慢刀觅快刀的途中，他们相遇了。

　　江湖人都想知道这场决战的结果，这一战必定名垂"江湖风云榜"。

　　一个时辰过去了，他们还没有出手。刀悬在腰间，刀负在背上。

　　杀气渐盛。

　　他们的周围阒寂无声，连风也静止了。

高手过招，仅需一招。尤其是绝世高手，一招之后，不是敌死就是我亡，似乎不存在第三种可能。

因此，没有在出招的瞬间就置对方于死地的把握，是绝不会抢先出手的。

他们决战，早将生死置之度外，迟迟不肯出手，只是为了要稳获挥出手中刀的那一瞬间的胜利和辉煌，因为神话只许有一个！

快刀的眼睛如一片火海——破绽？

慢刀的眼睛如北极寒冰——破绽？

他们还是没有出手。身体似已僵硬，硬如礁石。然而，两副身躯所蕴含的力量是不可限量的，也是可怕的。

沉默。他们是沉默的，溪流是沉默的，花草是沉默的，风儿是沉默的……已经没有丝毫生命的气息。

如果有第三人出现，他会立刻死亡。怎么死的？

窒息！

势成骑虎，箭在弦上，谁又能左右得了？

朝夕流转，晚霞已静悄悄在山头观战，时机似已成熟——

破绽！

破绽！

刀柄已被握住，刀柄已在手中。

刀出鞘，必有人亡，必有更神的神话问世。

喂——一个奶声奶气的童音在溪畔响起，一个七八岁的孩童骑在牛背上。

叔叔，把你们手上的铁卖给我好吗？

铁？

你要刀干什么？

做犁！

做犁？

用两大绝世高手的佩刀做犁,岂不是天大的笑话!

今天是爷爷的大寿。爷爷的犁坏了,爷爷很不高兴,我想送他一副好犁,我要爷爷开心!

男孩爬下牛背,胖乎乎的小手指指快刀的刀,又指了指慢刀的刀,你们的刀真漂亮,一定是好铁!

快刀松了刀柄。慢刀松了刀柄。

这是刀还是铁？还是……

清风吹过,古树婆娑,溪流淙淙,野鸟飞鸣。

快刀与慢刀四目相对,脸庞上都掠过一丝令人察觉不出的微笑。

同一瞬间,解下刀递给男孩。

男孩掏出一大把钱,够吗？

够了,太多了!

男孩爬上牛背,沿着小溪流渐逝。

我知道你的快刀厉害!

我知道你的慢刀了得!

你有把握赢我？

没有。

我也没有。

你有两个破绽,但我确定不了哪一个是致命的,也许都是,也许都不是。

同感。

决斗没有把握获胜,刀也没了,那就做点别的。

附近有家很有名的饭馆。

更多的时候,酒对人是不可多得的好东西。

我只有男孩给我的七个铜板。

假
如
树
能
走
开

我带了银子啊。

那还等什么?

父 亲

○江泽涵

从记事那天起，他的生命里只有父亲，他几次哭着问，为什么别的同学都是父母一起去开家长会？父亲擦了一把他的小脸，说母亲在他很小的时候就去世了。

他接受了这个事实。偶尔能听到父亲说起母亲的贤惠和善良。

父亲的脾气很不好，从田里回来就抽烟，抽完才做饭，睡前还要喝烧刀子。他最厌恶那股烟酒味，这时说话就会难听。父亲听烦了，就骂人。他顶嘴，父亲就打他。父子间的沟壑也就筑起来了。

他开始逃课，不是在镇上的网吧就是和一群不读书的朋友到县城玩。班主任状告到田间，父亲酱紫了脸，一抛锄头，咬着牙："找到了绝饶不了你。"

一旦找到了，什么话也不说，只说回家再说。回到家，什么都不说，操起笤帚就抽。下手很凶，不几下，背上、腿上都布满了密密麻麻的血痕。

他的脾气跟父亲一样倔，越打越不肯屈服，父子之战经常要邻居大伯过来才罢休。也到这时他才掉泪："我要妈，我妈还在的话，我就不会像现在这样浑蛋……"

有一次他赌气，说不去上学了，中考也不参加了。说得出，也真做到了。对于这种对抗他很得意，而父亲却一病一个月。这年他十六岁。他一个人到城里打工，三天就累趴下了。东摸西混，就是不回家，叫村人捎信回去："老子离开了你，照样活得好好的！"

有一晚，他感到胃在颤抖，他试图在一家糕饼店顺手牵羊，竟被逮个正着。他十分知好歹，赔不是说肚子实在饿极了。店主要他父亲来领回去。他狠狠心说自己没有父亲。若不是老板心善，早送派出所了，后来老板还送了他两块饼。

几天后，他仍心有余悸。在外头混不下去，也没脸回家，但双脚却踏上了回家的旅程。

夜，无边无际。一颗心一路颤着，不知多久才到了村口，路灯的光很微弱，但足够照亮他的心。迎面晃动着一颗红星儿——是烟头儿。近了。这身影太熟悉了。想掉头，可身子不听话。

"兔崽子！"父亲也认出了他，手上的包往地上猛一掷，赶上两步，扬起的手就要落下来，却在半空止住了。"回家吧。"父亲深深吐了一口气，似乎憋藏了多年。

他不动，回去也得挨打："你先打完吧！"父亲拾起包，也不多说，径自回家。他怯怯跟了上去。父亲本来要去哪里？

一到家，邻居大伯就端来热乎乎的饭菜，叫爷儿俩吃了再说。大伯看着他长大的，看到他这副狼狈相，也隐隐心疼，告诉他父亲每晚从田里回来，都会先到村口张望，好几次夜里喝醉了还转到村口。风一吹，着了凉，得咳上好几天。

"昨天听一个从县城回来的村人说，你在外……差点给送到派出所。你爸狠了心，说不找到你绝不回来，回来后，再也不打你了。"

屋内无风，灯光微微摇曳。父亲的两块颧骨更显眼了。

父亲叫他先吃，自己去烧洗澡水。绕向灶后的身影，不像以前那么宽阔了，行动还有些迟钝。他扒饭时，没有抬起脸，噙着泪，忍着，也不让嗓门发哽。

邻居大伯叹了一声:"你爸不容易啊。我还要告诉你一件事,其实你妈……""老哥……"父亲霍地跳起,脚没站稳,倒在墙上,滑了下去。

"十六七岁了,该让孩子知道了,对他对你应该都是件好事。你妈是过不了苦日子,抛下你们爷儿俩一个人走的。你爸瞒着,说至少还能留个念想。"他的嗓子沉得紧,再也没有忍住,眼泪掉下来,哭声也响了起来……

他泡完澡,倒床就睡。父亲叫他安心睡,明天要早起,一块儿到县城,跟糕饼店老板道歉道谢。他鼓足勇气点点头。父亲转身离去,他感到父亲的背影又宽阔了许多……

迷糊中,他眼皮子重得打不开,右腮帮子感到有东西在掖被子,那是一只手,父亲粗糙笨拙的手,糙得他下巴都生疼了。他假装睡着,眼泪却从眼角落下来……

将军之怕

○林如求

　　将军七十岁的时候，独个儿悄悄回了一趟阔别五十五年的故乡。他恋的是故乡的那片热土。那连绵的大山，明净的溪涧，还有那婉转的鸟啼，就像一幅图画在将军的心扉里挂了一辈子。仅有的两家亲戚早在解放前就被反动派杀光了，老一辈人也都不在了，小一辈又都不认得，只有小时与他一起摸田螺、掏鸟窝、摘山梨子的苍哥还在。

　　苍哥热情地接待了他。

　　苍哥陪他祭扫了父母的坟墓，又到小时候他们常去的那些地方转悠。他们爬上屋后的半山坡。时值盛夏，满山的山葡萄成熟了，一粒粒小指头大，黑乌乌、鼓蓬蓬地缀满枝头。将军摘了几颗丢进嘴里，嚼得舌头嘴唇全都紫黑紫黑的。将军说："还记得穿开裆裤那阵子的事吗？每天就只想着那三餐饭，怨太阳怎么老是不动一动。肚子饿得没法，我们就来这山上摘这山葡萄吃，吃得满嘴乌乌的，还照镜子比赛谁的嘴唇乌。"苍哥说："怎不记得！那回，你摘山葡萄时，脚被猪母刺刺了个洞，血一直流，还是我背你回去的呢！后来你在家躺了好几天，连路都没法走。"将军说："是呀是呀，想起来，就好像发生在昨天一样。"

　　晚上睡觉的时候，苍哥打了曲尺形的两张床，说："小时候，我们同床眠，同头睡，现在岁数大了，我怕你睡不惯，就一人睡一张床吧。"

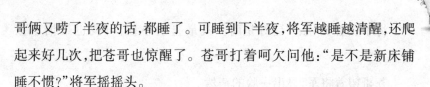

哥俩又唠了半夜的话，都睡了。可睡到下半夜，将军越睡越清醒，还爬起来好几次，把苍哥也惊醒了。苍哥打着呵欠问他："是不是新床铺睡不惯？"将军摇摇头。

第二夜，将军又起起伏伏爬起躺倒好几次，苍哥好生奇怪，问他："怎么了，是哪儿不舒坦？"将军说："我听到了哭声，是小孩的，低低的，哑哑的。"苍哥贴着窗棂，倾耳听听，什么声音也没有，就好笑："嘿嘿，你打了半辈子的仗，难道还怕鬼不成？"将军苦笑了一下，又摇摇头。

第三夜，将军仍旧辗转反侧，爬起躺下，说又听到了小孩的哭声。苍哥就爬起来，开了房门出去，往东边听了好一会儿，又往西边听了好一会儿，摇摇头，哑然一笑，回来关了门，挺惊诧："奇怪，我怎么都听不到？"将军仍摇摇头。

第四天，将军要走了。苍哥苦留不住，一路送他去车站。刚到村口，将军见田埂边有个小女孩在哭，忙慌慌地上前抱起小女孩，又掏手帕给她揩眼泪，又摸她的头哄她，问："你干吗哭，是肚子饿？"小女孩摇头。将军又问："你想吃包子？"小女孩又摇头。"想不想吃面包？"小女孩仍摇头。

苍哥在旁听得笑起来，说："老家现在虽说还称不上富裕，但饭是有的吃的，没人再挨饿的啦！包子、面包，村部的小馆店、食杂店里也有的是，小孩都吃腻啦！"

将军又问小女孩："你读书吗？"小女孩点点头，说她在读三年级。将军就摘下他的那支大金笔，送给小女孩。小女孩接过，嘻嘻地笑着，蛇一样扭着身子挣下地跑了。将军朝她的背影呵呵地笑着，一边挥手一边不停地喊："别跑，别跑，当心跌倒！"

苍哥就叹："'老小孩老小孩'，人老了，不仅脾气像小孩，而且跟小孩特别黏糊。"

将军点着头说："是呀是呀。我最喜欢小孩,可我也最怕小孩哭。"

苍哥望着将军,显出一脸的茫然。

将军递给他一支烟,也给自己点着一支,猛吸了一口,吐了烟,缓缓地说:

"1948 年解放战争时,我带了一批小孩,一共 7 个,转移到敌后根据地。途中,我们遇到了敌人的封锁,突围不出去,只好躲在芦苇荡里,五天五夜没饭吃。我们只好拔芦根充饥。那时是冬天,芦根苦涩涩的,好难嚼。孩子们咽不下,肚子饿得哇哇直哭,可又不敢大声,怕被敌人听见。孩子们挨饿的哭声低低的,哑哑的,那么无奈和无望,简直揪人肚肠,像拿刀戳我的心肝,我不知道有多难受! 可当时四面都是敌人,我们连一支枪也没有;再说,又都是些十一二岁的孩子,手有多大力气能搏得过敌人? 我们突围不出去,只好默不作声地躲在芦苇荡里,有 3 个小孩就那么低低地、哑哑地哭着,活活饿死了。五天五夜呀,孩子们挨饿的哭声就像刀刻一样深深地刻在我的脑子里,几十年了,抹也抹不去。所以我对小孩的哭声特别敏感,最听不得哭声,也最怕小孩哭。这几夜,我睡不好,就是因为每夜似乎都听到小孩的哭声。"

苍哥没有回应,沉默了好一阵子,才憋出一句话:"如今的小孩子再哭,没有几个像我们小时候那样是因为饿得啦,所以老哥你也就放心吧!"

将军愣了好久,才"嗯"了一声,点点头。

毛　衣

○林如求

　　他有点忧郁,成日郁郁寡欢,沉默少言。他引起她的好感缘于一个很不起眼的细节:他们经常坐单位的车子出行,每次乘车,他从不迟到,虽然先上车,却坐在最后一排;下车的时候,他最后一个下,并且随手关上车门。她想,一个守时、懂得谦让并且有始有终的男子,必定是个仁爱体贴、负责任的好男人。于是她主动接近他。

　　她示爱的方式不是卿卿我我,因为她的性格也非常内向,更不是一个伶牙俐齿的人。她只是看他身上的那件蓝色的毛衣很老旧,而且短得有点不大合身,她就去买了两斤灰毛线,织了一件新毛衣送给他。他有点受宠若惊,却默默地接受了,除了很吝啬地回敬给她两个字"谢谢",再没什么激动人心的形体语言。那时,他们的工资都很低,一个月才30几块钱,织一件毛衣的钱相当于他或她的一个月工资呢!

　　第二天,她的第一件事就是看他穿着她的毛衣来上班。可令她失望的是,他来时并没有穿着她织的新毛衣,仍然穿着那件蓝色的旧毛衣。这是为什么?是他不喜欢?不过,她很快就原谅了他,也许是因为起床迟了,仓促之间来不及穿她的新毛衣。可是,第二天、第三天以及以后的日子,他穿的还是那件旧毛衣。这是怎么回事?是自己织的毛衣不合身?这不可能,她是偷偷比画着他的身材织的。要不,就是他把毛衣搁在什么地方忘了？再不然，就是毛衣被小偷偷走了？

她满腹狐疑，几天没有睡好觉。她觉得有必要提醒他一下。有一天，她悄悄问他："我给你织的新毛衣呢，为什么不穿？"他迟疑了一下，有点结巴地说："噢，在宿舍，我习惯了穿这件旧毛衣……"习惯？这不是有点骗人吗？她不信："是不是把毛衣弄丢了？""噢，没有，真的没有……"他有点嗫嚅，不敢看她。

那为什么？似乎只有一种解释，那是一件别具意义的毛衣，是情人给他织的吧！可要是这样，怎么从来没见什么女孩来找他或与他联系？不过这种事也许只是外人不知道而已。既然已经提过了醒，就等着看看再说吧。

可第二天，他仍然没有穿她织的新毛衣。第三天、第四天以及以后的一天又一天，他仍旧穿着那件旧毛衣。她非常难过，以至于有点愤怒了。有一天，她半路截住他，质问："为什么不穿我的新毛衣，为什么非得穿这件老土的旧毛衣？是不是你的什么情人送的？"他惊讶得张大了嘴巴，怔怔地看着她矢口否认："不是的，不是！这是我妈给我织的毛衣，我穿在身上，就像我妈在我身边一样……"说着，他几乎要哭起来。她有点于心不忍，自己戳着人家失母的痛处了不是？况且，不论是真是假，这话说得在理，看来，他是个孝心很重、不忘根本的男人，她有点感动了。

一个十分寒冷的日子，人们都穿上了皮衣，她也穿上了两件毛衣。只有他仍旧只穿一件毛衣，就是那件蓝色的旧毛衣。她皱紧眉头，忍不住问他："是不是把我的毛衣弄丢了？"他连连摇头："没，没，真的没有。""没有？这么冷的天，为什么不穿两件毛衣？"他淡淡一笑："是我习惯了，从小到大，不论多冷的天，我都只穿一件毛衣。"

是这样的吗？她思前想后，不知道该如何办才好。她爱他，可他也爱她吗？如果说他爱她，却没有对她表现出什么特别的热乎；如果说他拒绝她的爱,可他又接受了她的毛衣。有一天,她终于把一句有点决绝的话撂给他:"既然我的毛衣对你是多余的,那就请你明天把它带来还给我,好吗?""这……这……"他不知如何作答才好。她不管不顾,扭头走开了。

第二天,他来的时候却空着手。她问他:"我的毛衣呢?"他掰开衣领给她看,她的新毛衣终于穿在他的身上。结果竟是这样!但她决心打破砂锅问到底,约他晚上到江滨公园会面。

晚上,他来的时候,还是穿了她新织的毛衣。她问他:"那件旧毛衣呢?"他掰开衣领,拉下新毛衣的高领,原来那件旧毛衣穿在她的那件新毛衣里面、贴身的内衣外面。"为什么不愿意脱下那件旧毛衣?那真是你妈给你织的毛衣吗?"她穷追不舍。他答得很肯定:"是我妈给我织的。"见她不大相信的样子,他苦着脸,沉默了许久,但似乎是最后下了决心。他告诉她,他的父母因为吵架,父亲失手把母亲打死了,随后,也自杀身亡。他眼里噙满泪水:"我爱我妈,可妈给我留下的只有这件旧毛衣……"她立时泪如泉涌,一把将他拥到怀里:"我理解你,你做得对……"并且告诉他,她也是从小父母离异,母亲改嫁,所以她和他一样,都有点自卑。他紧紧地搂住她,流泪眼看流泪眼,断肠人对断肠人。他们就这么紧紧地搂抱在一起,两颗伤感的心互相抚慰着,熨帖着……

种 与 收

○金长宝

1

乡下——

天黑时分,寒风尽情肆虐,行走在路上的人纷纷裹紧衣服,蜷着身子往家赶,眼看一场大雪就要来临。

男孩却和父亲走出家门,顶着寒风往外赶。男孩主动请缨,今夜他要和父亲一起去自家菜园里守夜耙雪。显然,男孩手中的雪耙子要比父亲的小,但男孩扛着那个家伙左肩换右肩,好不自在。

父亲一边叮嘱男孩扣好衣服,戴好帽子,一面告诉男孩,今夜肯定会有一场大雪。赶在雪下的时候,要耙掉大棚上的积雪,以免棚子被压倒。

30丈大棚是父亲一年的心血,也是全家一年的主要收成。

赶到自家菜地时,寒风依旧不停地像刀子一样刮着男孩的脸,男孩有点担心今晚能否担当此任了。父亲领着男孩走进大棚里取暖,里面果然暖和,这暖和的温室里种着辣椒、西红柿、茄子,相比外面的其他蔬菜,它们早已移栽成功,这个冬天里,它们会长茎、开花、挂果。来年一开春,这些早熟的果儿会在市场上卖个好价钱。父亲看着满棚子的绿色,舒心地笑了。他和男孩在棚子里铺好的床铺上卧倒。他要先休息一会儿,等待那即将到来的一场"雪仗"。

2

城市——

男孩家里早已打开空调,整个屋子里温暖如春。到休息的时间了,男孩却打开书房的电脑。父亲趁机溜进儿子的房间里。

经过几夜的鏖战,父亲已经成功开通了牧场。开通了牧场后,父亲才知道,原来这里的牧场和农场息息相关。眼下父亲要做的就是,赶快在农场里种牧草。可是他哪里舍得将种植优良高产作物的田地用来种牧草呢!好在今天他在办公室里学到了一招——牧草干吗要自己种呢?偷别人的就是了!

男孩正要进入农场,收菜,种菜,父亲一把夺过鼠标,儿子我告诉你,你现在必须种牧草,来,听我的没错,将成熟的果子全部铲掉,全部种上牧草。不由分说,父亲快速收菜,铲土,种牧草。一眨眼,牧草就长了好几寸。

父亲窃喜,跑回自己房间。儿子农场的级别不如自己,自己现在都开通牧场了,儿子压根儿就不知道牧场是怎么回事。

3

乡下——

儿子,快起来!下雪了!说话时,父亲已经一个箭步冲出去了。大雪果然如期而至。还好,雪积得不厚,父亲拿着长长的耙子,自上而下,一寸一寸地将雪耙下来。他心疼自己的棚子,用耙子轻轻地抚摸着。

男孩还算勇敢,揉揉眼睛,他已经跑到大棚的另一面。爸,我在这边耙,看谁耙得快。好的!父亲应着。大雪中,父子俩在大棚旁的沟道中奔波。有好几次,儿子在落满了雪的沟道里跌倒,但他二话没说,爬起来又继续干活。他听到父亲大口大口地喘着粗气。

4

城市——

两个小时不到,父亲目睹儿子满园子的牧草成熟了。儿子的牧草为什么长得这么快?这个父亲清楚,儿子是至尊会员,每天都有化肥赠送。父亲大把大把地伸手偷着。自己牧场里的小动物们都嗷嗷待哺呢!这下就好了。

偷完了牧草,再去喂小动物。这已经用了父亲今晚老半天工夫了。他打着哈欠,定好了闹钟,准备明天一大早,再出去偷一把。

父亲带着收获的满足睡了。他不知道的是,自己农场大批成熟的高档果实,已经被儿子第一时间不费吹灰之力地掠夺了。

5

乡下——

春天到了。天还没亮,男孩跟在父亲的板车后面,往集市上赶。父亲在前面拉着板车,板车上驮着好几个大筐子,大筐子里满满地码着冬辣椒。父亲往批发市场赶,这一车新鲜的蔬菜完全可以卖个好价格。去年冬天下了好几场大雪,不少人家的棚子被厚雪压塌,今年的辣椒自然减产。幸好,男孩家里的大棚一点都没倒。

卖了辣椒,父亲买了一大袋子馒头塞在男孩的手里。父亲还说,等今年的辣椒全部卖完了，会给男孩买一套新衣；再就是给男孩配上一双运动鞋，男孩在学校里已经学会了打篮球。

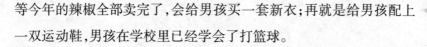

6

城市——

父亲一走进办公室就打开电脑。等这一批动物长大，父亲的牧场马上又要升级了。

一打开电脑，父亲立马就在好友里找儿子的农场。这个冬天，自己需要的牧草全部是儿子的农场提供的。令父亲感到奇怪的是，他一直没有发现，儿子也已经开通了牧场。再一看级别，无论是农场还是牧场，儿子的级别早已超过了自己。

正疑惑的时候，办公室的小王拍起了他的肩膀：老刘，你还偷啊？来来来，我送你一个外挂。

外挂！这还有外挂……

正上班的时候，儿子学校的班主任给父亲打来电话，叫他马上去学校。原来，儿子近来成绩严重下降，上课时竟然还打瞌睡。

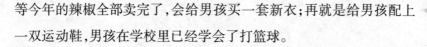
种
与
收

敲　门

○金长宝

咚咚——几声敲门声。妻子欣然去开门，她的好朋友冯大姐每周都这个时候如约来访。

冯大姐往沙发上一坐，便和妻子滔滔不绝地聊了起来。很快，两个女人快成了一台戏。我在一旁干愣着插不上嘴。

幸好，冯大姐后来向我问起了她来我家时，在楼梯口遇到的一个男人。

冯大姐一本正经地说，宝子，我刚才在楼下见到一个穿着制服的胖胖的男人，你知道他是谁吗？

我赶紧插上嘴，兴致勃勃地告诉她，你说那个穿制服的男人啊！我认识！我显得很肯定。至于叫什么名字，我不清楚，反正我们认识，还是邻居，他就住在我家楼下。我经常在楼梯口碰到他。

你知道他在哪个单位？

好像是在税务所！

那就对了，就是他！冯大姐有点咬牙切齿。

冯大姐，怎么了？你跟他有仇？

那倒没有，你觉得他那人怎么样？

还好吧！人挺随和的，每次看到都点头问好，很有礼貌的。

假的,你知道吗?他表面一套一套的……

不会吧,有一次,我去市里办事,在小区门口等车,恰好他们单位车来接他,他就邀请我跟他一道,还特意把我送了好远呢!

那也就是顺水人情!

还有一次,他敲门来我家,说他家厨房漏水,在我家厨房查了老半天,还帮我查出了我家厨房的一处漏水呢。

这些男人都是这个德行,我家那个不是东西的以前不也是处处热心吗?后来,还不是把坏事干了,丢人啦!说这话时,大姐几乎又哽咽了。她每次来我家,总是不想说她的前夫,可是后来绕来绕去还是说到她的前夫。

大姐,原来那个人跟你家老胡也认识啊?

何止认识,穿一条裤子的!不说那个不是东西的了!宝子,刚才我看到好像有一个大姑娘跟在他后面啊,一个长头发的戴眼镜的大姑娘。怪不得他不和我打招呼呢!哎,宝子,你有没有看到过她老婆啊?

好像没有!不过好像是有一个长头发戴眼镜的女的跟他一道出入过。

对,这个坏种,肯定又勾搭了一个小的。她的老婆多好的人,又能吃苦。这些男人都不是东西。大姐越说越激动,我这是命苦啊!小王,你看你家宝子多好的人……冯大姐转头又和妻子絮叨了起来。

咚咚咚,又是一阵敲门。妻子赶忙去开门。

一个十二三岁的小姑娘气喘吁吁地站在门口。叔叔、阿姨,快下楼,三楼着火了,我特地来通知你们的——啊?!我们一声惊呼。慌忙往外撤。

我们一家人匆匆赶下楼时,整栋楼的居民都聚在楼下,消防队员也赶到了,楼下一片慌乱。不过,很快,火被扑灭了,有阵阵烟雾还是不停地散发出来。险情还没有完全被排除时,大家只能在楼下焦急地等待着。

三楼是哪家啊？怎么液化气给弄着了，真是要命啊！这不是害人吗！大家七嘴八舌地议论着。

多亏了这个小丫头，有人拍着那个敲门的小姑娘的肩膀，无不向她投去赞美的眼光。他的爸爸，那个穿制服的男人感到无比钦佩，紧紧地攥着女儿的手。他们家住在五楼，三楼着火时，她第一个感觉到了，然后她冒着危险逐层往上跑，一家一户地敲门。

大家都争着拥上前跟小姑娘握手，我也准备往前去。

没想到，这时冯大姐已经和那穿制服的胖胖的男人聊了起来，他们果然认识。

一旁的妻子正和一位戴着眼镜的长头发女子说着什么。后来，我才知道，她也是住在我家楼下，住在穿制服的男人的隔壁。

一次险情，使我认识了好多邻居。一次敲门，也使我们彼此走得更近了。

敞开的门

○金长宝

经历了一个失望的夜晚，一个又饿又渴的小偷终于在一所大房子门前看到了希望。

那所大房子敞开着大门，小偷探着头朝屋里看了看，宽阔的房间里居然没有一个人。这些情况对于一个有经验的小偷来说，是前所未见的。这些年来，小偷只与门锁打交道，他可以熟练地打开任何一个门锁，但是他得手的机会却很少。这个原因你是知道的，在这个城市有着许多双盯着他的眼睛，还有许多个盯着他的摄像头，更有那些可以在任何一个地方把他捉到的警察。一想到这些，他挺直的双腿开始有点哆嗦了。但是咕咕叫的肚子和干得冒烟的嗓子告诉他，不可以轻易地放弃这个机会，无论如何也得试一试。

小偷故作镇定，抬头挺胸，大摇大摆地朝屋里走进去。屋里一片寂静，仿佛能听到微风轻轻拂过的声音。他深吸一口气，睁大眼睛朝屋子里巡视了一周。他掐了把大腿，真的，这个敞开的房子里居然没有一个人。更让小偷感到纳闷的是，这个宽大的房子里只摆着一样东西——书。各种各样的书摆在架子上，柜子里，书桌上。娘的！小偷暗自牢骚了一句，老子这辈子最讨厌的东西就是书了。他说的没错，自打小学毕业以后，他的那双又细又长的手就再也没摸过一本书。竟然是这么倒霉,我就不信了。小偷无奈地咽了一口口水。他开始在放着一排排书籍的立柜前搜寻,时不时他轻轻地掰开那一本本书,想看看有什么惊喜藏在里面,时不时地他也动用他那双"狗鼻子",使劲地闻啊闻。可是他依然一无所获。直到他翻开了这个房子里所有的柜子后,他开始有点厌烦了。看来今天他确实来错了地方。他抬头,迈腿,正要离开。

此时,屋子里忽然进来一个人。小偷的心"咯噔"一下子。职业的习惯告诉他,他必须要镇定。

那个戴着眼镜的人也是大摇大摆地走了进来,比起小偷来说,他的脚步似乎更匆忙了些。那人三步并作两步,很快地来到小偷的身旁。站在立柜边上的小偷被这突如其来的情景惊得手直哆嗦。有一本书被他哆嗦的手碰到了地上。他没去管那掉在地上的书,他瞅了瞅通道和大门口,还好,没有任何人可以阻拦他逃跑。他必须要马上离开。就在这时,戴眼镜的男人立刻伸出双手横在他的面前,接着,那人捡起掉在地上的书。随后,他又大声地对小偷说:你怎么回事,看书就看书,怎么随意地把书摔在地上呢?你一个读书人怎么可以不爱惜书呢?戴眼镜男人的举动让小偷感到莫名其妙。不过很快他就明白了,此时对面的男人没把他当小偷。他强装微笑对眼前的男人说道:我……我不是故意的……我下次一定不敢了……我坦白,我请求宽大处理……没说完最后一句,他赶紧收住了嘴。

此时,戴眼镜的男人像得到了一个宝贝似的,他已经捧着一本书在门口的桌子旁津津有味地读了起来。更要命的是,此时门口接二连三地又来了好几个人。凡是进来的人个个像个饥饿的人遇到了面包似的,他们疯狂地扑向那一排排书籍,然后如饥似渴地读了起来。而且,随着太阳越升越高,进入这个房子的人也越来越多。看来,他已经没有退路了。

在那一刹那，小偷灵机一动，像所有来房子里的人一样，他抓起了一本书，有模有样地坐到了桌子前。均匀柔和的阳光像金子一样洒进屋子里，洒在一本本书上，洒在每一个人的脸上。

小偷随意地打开那本书，一行大大的清晰的字映入了他的眼帘，他吃力地看着一行行他认识的和不认识的字。整个上午，没有一个人离开屋子，小偷也没有离开。随着一个因尿急而离开的人，小偷"噌"地一下子就消失了。临走的时候，小偷习惯性地将那一本书藏在外套里面带走了。

三天后的一个清晨，小偷再次来到这所大房子跟前。此时，他注意到这所大房子门口墙壁上挂着一个用清秀字迹写成的牌匾。匾上写着"图书馆"三个大字。旁边有一行小字：本图书馆无门、无岗，欢迎所有人自助阅读，祝您阅读愉快！小偷昂首挺胸地走进图书馆，走到一排立柜前，他慢慢地从外套里掏出一本书，轻轻地放在了那排整齐的书籍里面。

此时，太阳高高地挂着，阳光照在图书馆的墙壁上，透过窗户，阳光洒进屋子里，洒在小偷的身上。或许，此时他的名字已经不叫小偷了。

八 法 手

○练建安

围龙屋大宗祠前,是宽阔的三合土禾坪。禾坪前,有一泓碧绿清澈的鱼塘。

月光皎洁。吃过晚饭,南方的老历八月天,暑气还未散尽。农人们三三两两围聚在这里闲聊讲古。一盆木屑混合艾草燃起来了,发出红光,白烟袅袅飘散。

德昌拉开了架势,走了一趟拳。进进退退,哼哼哈哈。和他一同演武的几个后生纷纷摇头,说他那"八法手"好是好,却好像有点什么不对劲。

德昌习演的,是流传于汀江流域大沽滩一带的五枚拳"儒家八法",传自神尼五枚师太,有二百多个年头了。

"儒家八法"又叫"软装八法"。此外,五枚拳,尚有"绝命八法",吞吐浮沉,刚柔相济,功法很是了得。乡村传闻,清嘉庆道光年间,五枚师太与少林寺智善禅师、武当山白眉道人齐名,自立门户,辗转来到上杭炉脚庵,收高徒梅花曰花鼓娘子。花鼓娘子与庐丰乡湖洋村邱家后生结为夫妻。很长一段时期,五枚拳精奥,为邱氏家族不传之秘。

拳术技击,易学难工。德昌的功力,也有些火候了。近年与人多次交手,从无败绩。但是,人们总觉得缺了些什么。

该找师傅去呀。德昌他们的敲门师傅叫仁发,同宗,辈分高,后生多称之为仁发叔公。仁发叔公少壮时,是一条担杆打翻一条街巷的狠角色。当年,德昌手提猪蹄酒坛登门拜师,叫他叔公。他说,你的叔公多着呢,你是学功夫还是叙亲情?叫他师傅,他说,俺一不打铁烧炭,二不劁猪剃头,三不蒸酒做豆腐,怎么叫俺师傅?后经族中高人指点,德昌口口声声称仁发叔公为先生。仁发大悦收徒。

仁发先生的武功底子是五枚拳,学到家了。又带艺拜师,跟把戏师老关刀闯了多年江湖。仁发先生是很有福气的人,儿子在汀江河头城做生意赚钱,家境殷实。一大把年纪了,按说该享清福了,可他老是闲不住,喜欢赴墟,摆滩卖狗皮膏药,图热闹。

大沽滩的西边,有武邑象洞墟。仁发先生是老常客了。在廊桥东头老地方摆开了摊子。新收的小徒弟正是德昌的外甥,很卖劲,扯开嗓门咣咣当当敲响了铜锣。"做把戏的来啦!"新老看客慢慢地围拢了过来。

忘了交代几句,这仁发先生仪表堂堂,丹凤眼,卧蚕眉,长髯飘飘,手持青龙偃月刀,真如武圣人再世。说话间,仁发先生舞动大刀,轻轻比画,猛地前弓后箭,右手持刀杆,左掌护长髯,转换单掌向前徐徐推出,目光凝视远方。此招大有来头,叫"夜读春秋"。人群中就有了掌声炸响。

"哈哈,好功夫,好功夫!"此人鼓掌最是起劲,挤了上来。有人悄声说:"铁算盘来了。"有几个人怕事,溜走了。

铁算盘是南洋布庄的掌柜,随洋教堂在此"安营扎寨"。他以"物美价廉"的优势,挤垮了几家老布店,垄断了墟上的布匹生意。

铁算盘很随意地从地上捡起了一块鹅卵石,伸向仁发先生,说:"客套话不说,打开石子,送你一匹洋布。咋样?"哎哟,一匹洋布哪!有人失声尖叫。仁发先生点点头,说:"多谢大老板关照。"将鹅卵石抛起,接住,抛起,接住。反复多次后,停下。左手双指弯曲夹紧,右手并指运气,断喝猛斫。鹅卵石应声碎裂。满场喝彩。铁算盘呢?不见了。

仁发先生是个爱面子的人,对此不便说话,兴味索然,膏药也不卖了,叫小徒弟收拾家伙什,回到了大沽滩。

仁发先生回到家门口,老伴迎了出来,看他的脸色不好,生气了?她熟知他的脾气,喝口酒,睡好觉,多大的事也看开了,急忙摆出了早先预备好的酒菜。仁发先生端起酒碗,还是想起那得而复失的一匹洋布,铁算盘哪铁算盘,煮熟的鸭子,飞啦?

黄黑狗仔桌底争食。仁发先生心烦,大半碗酒泼去,狗仔狺狺,夹着尾巴逃开。

天色渐暗,老伴端来了洋油灯。民国初年,客家山区也用上"美孚"洋油了。点燃,灯亮了。这洋玩意确实比山茶油光亮,唉,俺那一匹洋布啊。几只飞蛾绕着灯光转圈。仁发先生弹指,一下,一下,又一下,飞蛾直射,粘在墙壁上。老伴说:"老家伙,你做嘛介?"仁发先生也觉得有些无聊,苦笑,反卷双手,蹀出门去。

德昌迎面闯入,嚷道:"先生,先生,铁算盘是不是赖了一匹洋布?"仁发先生慢条斯理说:"德昌哪,你提它干什么?你不讲,俺都忘了。"德昌说:"一还一,二还二,他赖不了账!"仁发先生摇头:"算啦,算啦,本乡本土的,闪狗毋系愕人嘛。"德昌急了:"先生,这事没完!"仁发先生突然想起了一件事:"噢,德昌哪,你那八法手,好像还欠些火候。啥时有空,俺们再切磋切磋?"

德昌是个急性子,不等鸡叫头遍就起床了,次日清晨,赶到了一山之隔的象洞墟。廊桥西边的南洋布庄刚打开店门,德昌就踏了进来。

"俺买蚕丝洋布。"

"蚕丝洋布?小店没有这号货。"

"看俺买不起,是不是?欺负人?"

"大兄弟,真没有啊,又是蚕丝,又是洋布的,小弟还是头一次听说。"

"叫你掌柜的出来说话!"

小伙计不敢怠慢,转入内屋。片刻,铁算盘出来了,拱手作揖,笑眯眯说:"这位大兄弟,敝店是洋布店,货物还算齐全。你就是走遍江广福三省,也没有你那号蚕丝洋布嘛。"德昌掏出一把双头鹰银洋,捡起一块,吹气,凑近铁算盘耳畔。洋银发出了悦耳动听的声响。

德昌问:"俺的钱就不是钱吗?"铁算盘摇头苦笑。德昌发力,接连碎了三块洋银。问:"老板,认得大沽滩的仁发先生吗?"又捡起一块,要发力。铁算盘连忙说:"老弟停手。俺懂,俺懂!"德昌说:"你不懂。"铁算盘说:"愿赌服输。俺赔老先生一匹洋布。"德昌说:"打人莫打脸,你扇了人家的老脸。"铁算盘狠狠地打了自家一记耳光:"俺懂,俺全懂!"

正午,铁算盘和一个小伙计,气喘吁吁地随德昌来到了大沽滩。铁算盘扛一块牌匾,小伙计抱一匹洋布。老远,他们就燃起了一挂"遍地红"万响鞭炮,一路炸响,向仁发先生家走去。

大 木 桶

○练建安

雨下得很大很大,这在乡间叫竹篙雨,瓢泼而来,打得山间茶亭瓦片嘭嘭作响。

山猴师傅解下酒葫芦,美美地咂了一口,然后移来堆放在茶亭角落的枯枝,架起小铁锅,生火煮饭。

山猴师傅今天心情比较好。这个墟天,他在杭川墟做猴戏卖膏药,小赚了一笔。

铁锅咕嘟咕嘟叫了,大米稀饭的清香飘溢出来,又被穿堂风卷跑了。

山猴吱吱叫着,一阵劲风刮入,进来一个人,挑着两只大木桶,木桶是寻常木桶的六七倍大小,油光闪亮的。

那人轻轻放下大木桶,脱下淋湿的布褂擦头,大笑,我说有大雨吧,他们还不信,哼哼!

山猴师傅问道,兄弟您是……

那人用扁担敲敲身边的大木桶说,挑担的,大家叫我大木桶。

哦,大木桶兄弟。

您老是……哦,做猴戏的。听说梅州有个山猴师傅,跌打损伤膏药实实在在,一贴灵啊。

鄙人就是那个山猴,您看,我这不是有只山猴吗?

哈哈哈,香啊,米汤能给一口吗?

行啊。

大木桶就着一大碗大米稀饭,把随身带来的一摞大面饼吃了。吃完,说,您这山猴师傅,要米汤给米粥。行啊! 有麻烦事就来找我,千家村的大木桶。

雨停了。大木桶挑起担子,走出了茶亭。

山猴师傅看着大木桶一会儿工夫就转过了山脚,喃喃自语,两大桶满满当当的茶油,他咋像是不花力气呢?

山猴师傅离开茶亭后,有两三年没有再见过大木桶了。这几年,山猴师傅行走江湖,也常听到大木桶的奇闻逸事。一次在客栈听说,大木桶与人打赌,一口气吃下了一斗糍粑,接着,挑着一大担茶油噔噔噔上了十二排岭。

这一日是墟天,山猴师傅来到了闽西狮子岩,找了一处空地,挂起招牌,不等敲响三遍铜锣,就有一些散客围聚了过来。山猴师傅打足精神,拱手道:"旗子挂在北门口,招得五湖四海朋友来哟。我这把戏啊,是假的;膏药啊,是真的。您哪,有钱捧个钱场;无钱呢,捧个人情场。下面,请我徒弟山猴给大家表演《猴哥上树》。"

场地中间,立着一竹篙,竹篙顶,有一把青菜。

忽听人群间传来一阵骚动声、窃笑声,但见山猴从一个乡绅模样的人手中夺过一串香蕉,三跳两跳,吱溜上了竹篙,抓耳挠腮的,麻利地剥吃了,扔下了一片又一片香蕉皮。人群中,爆发出一阵哄笑。

乡绅走到山猴师傅身边,轻轻地拍了拍山猴师傅的肩膀,说,我说这位师傅啊,您说怎么办呢?

山猴师傅说,这死猴子,该死,该死! 我赔我赔,仁兄见谅见谅。

乡绅笑了,赔不起啊,赔不起啊。

山猴师傅苦笑，不就是香蕉吗？天宝香蕉也不贵啊。

乡绅还是笑眯眯的，是啊是啊，香蕉是值不了几个铜板的。可是啊，我这老病根，怕是治不了喽，过了赛华佗定的时辰喽。到时辰要吃香蕉治病的。师傅啊，您说怎么办呢？

山猴师傅冷汗淋漓了，支支吾吾的，呆立当场。

乡绅身后，跟着几个壮汉。其中一个灰衣人叫道，吃啥补啥，把那猴子逮来吃喽！

话声未断，灰衣人劈手将竹篙斩断，山猴就抓在灰衣人手上了。

山猴可是耍猴人的命根子啊。山猴师傅提着铜锣，走近灰衣人，说，放下猴子。灰衣人笑了笑。山猴师傅说，放下吧。灰衣人还是笑。山猴师傅说，放下！这次，灰衣人没有笑出来，因为山猴师傅的铜锣柄如闪电一般碰了他的左肩一下，山猴就蹲在山猴师傅的肩膀上了。灰衣人的额角上滚出了豆大的汗珠。

这时，乡绅说话了，失敬失敬，蔡李佛拳啊。老师傅啊，明日午时三刻，钧庆寺，一决高下吧。说完，转身走了。

乡绅说的"一决高下"，其实就是江湖上的"生死决斗"。

山猴师傅收拾摊子回到客栈。店主把他拉到一边，悄悄说，你还是溜了吧，往日，有多少好汉坏在他手底下啊。他是谁啊？曾大善人啊，也有人叫他笑面虎。山猴师傅从贴身内衣袋掏出一个小包裹，层层打开，有一根金条。山猴师傅说，这是住店钱。店主说，找不开啊。山猴师傅说，你帮我带个口信，就全归你了。店主问，谁呢？山猴师傅说，千家村的大木桶。就说那耍猴的，有难了。店主把金条揣入怀里，说，我自个儿去，人到话到。

钧庆寺是千年古寺，在狮子岩下，雕梁画栋，花木扶疏，是清静之地。奇的是，闽粤赣边的武林决斗，多选择此地。

决斗台上，那位乡绅，也就是曾大善人、笑面虎，身边坐了一排人，

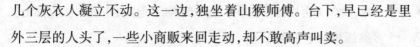

几个灰衣人凝立不动。这一边，独坐着山猴师傅。台下，早已经是里外三层的人头了，一些小商贩来回走动，却不敢高声叫卖。

午时到，三通鼓响。之后，钧庆寺一下子安静了。乡绅持青龙偃月刀、山猴师傅持木棍各自上前，分立两边。此时，走出一位道貌岸然的主事，朗声宣读了双方生死文契。主事指着台上日晷说，还差二刻开打，你们还有什么话要说呢？山猴师傅说，我在等一个人。主事问，他愿意来替你决生死？山猴师傅说，愿意。主事说，好吧。

时间过得很快，也好像很慢。就在主事要敲响开打锣声的关头，寺门外传来了躁动之声，但见一个人挑着大木桶荡开众人，直奔决斗台。

这个人就是大木桶。他将大木桶放下，抽出扁担，拄在手上，说，耍猴的，你退下！

主事一看，笑了，大木桶啊，就是你来替换？

大木桶说，唉，三伯公啊，茂盛油店差点误事了，挑油卖了，这就赶来会会曾大善人。

主事说，大木桶，你可知道规矩？刀剑无情啊。

大木桶哈哈大笑，决生死嘛。

主事无话可说，退下。

一声锣响，双方器械撞击，喀嚓只一回合，各自跳出了圈外。

乡绅说，停一下。大木桶啊，我问你话，你不是练家子，就是力气大些，打下去，没你便宜。你这是何苦呢？

大木桶说，我答应过耍猴的，有麻烦事就来找我。

乡绅说，大木桶，我们乡里乡亲的，我知道你和耍猴的非亲非故的，为什么？

大木桶说，要打就打嘛，哪儿这么啰唆？就是为那一句话嘛！

乡绅静静地站在台上，看着大木桶，突然笑了，说，不打了，你不是练家子嘛,我怎么可以跟你打呢? 走! 耍猴的,走! 走! 走! 大家都走!

　　乡绅缓缓地走下决斗台。台下嘘声四起。

　　乡绅站立,杀气满场,众人纷纷退开。乡绅挥刀,只一刀,将石柱一劈两半。惊讶声中,乡绅拂袖而去。

雪 夜

○张勇

腊月二十九,夜灯已经亮了。

我、哥哥还有弟弟,依然在屋内来来回回踱着步子。

门外,雪花簌簌地落着,稠密而急迫!

"哥,明天就要举行婚礼了,现在这情况,总不至于让咱家闹大笑话吧?"弟弟面色忧郁地向着我和哥哥说道。

我重重地叹了一口气,哥哥更是皱着眉,默不作声地坐在一旁。

心中一急,我不由又低低地咳嗽起来!不久前,刚刚经历了一场疾病的侵袭,从医院里出来后,我的身体还很虚弱。可是明天,就是弟弟举办婚礼的日子,所需的费用还差一部分!明天的各项开支,即使减少到最低程度,所缺的那些费用,还是让我们弟兄深感忧愁。

备好了糖、烟、酒、各种蔬菜、食品以及不可缺少的各种结婚用品,家中的那些积蓄已经花净了。可婚姻毕竟是大事情,按照我们农村人的老习惯,哪怕平时家里日子过得再难,这时候想办法也要把面子撑起来!况且,我们弟兄,从来不甘心在任何事情上落后于别人,因为父亲活着时,唯一的做人信念便是:自尊自强!父亲离世了,但父亲的做人信念却作为传家宝留给了我们。当然,我们希望,我们弟兄事事都能通过自强做到很体面，也是为了总是很疼爱我们的母亲。我们也希望，虽然父亲不在了，母亲一样会因为有我们，而生活得更舒适和自豪！

但是现在，弟弟的婚事，却有了一个大难题，摆在我们面前。

这之前，我们已经想尽了办法，实在没有办法了，我便带着弟弟去找我那些朋友，看看他们能不能够在这关键的时刻帮到我们。因为明天就是大年三十了，但走了十几里的雪路之后，我们还是无功而返！走在回家的路上，踏着厚厚的田间积雪，我的情绪特别焦灼和低落。

那时候天色尚早，只有一阵一阵刮得有些凶猛的寒风，在雪野上肆无忌惮地横冲直撞。我累了，实在走不动了，便在弟弟又焦虑又忧伤的无奈中，背靠着一个被风涌起的雪堆坐下来，大口大口地喘着气！

我不知道那时候，我的脸色是不是很苍白，但我的双腿已走得麻木，浑身也有种瘫软的感觉，而且那一会儿，我感到我的整个心都像被掏空了一样，我的身体又出现了那种很虚弱很虚弱的状况！我茫然地扭转头，朝四周张望，那一大片高低起伏、很空旷很遥远的雪野，让我倍感无助与无奈！我落泪了，我第一次感到了从未有过的伤心和惧怕！我想起我的父亲，想起我最后看到他老人家时，所看到的、那些挂在他脸颊上的几颗凉凉的泪珠……

我的倔犟脾气又上来了，我擦了擦眼睛，暗暗地在心里发誓：一定要强，现在、之后，乃至将来！我果断地掏出身上仅有的八十元钱，塞到正无奈地看着天空的弟弟手中。

弟弟也流泪了。

我被弟弟搀扶着站起来，我们继续往前走，未走出多远，一场新的落雪又开始了，那雪，洋洋洒洒，越落越猛。

很快，时间便到了这夜里。

家中，屋内，来来回回的，只有我们三个弟兄焦急的脚步声。

这时,院门响了一下,我们弟兄三个都疑惑地扭头向门外张望,原来是母亲和妹妹,不知道她们是什么时候出去的,现在回来了。

一走进屋子里,未及拍掉身上的雪,妹妹便小心翼翼地从手提包里拿出那个厚厚的牛皮纸信封,郑重地递给弟弟:"哥,给你,这里有三千元!"

母亲也开口说道:"是你妹妹给你借的,快点儿拿住吧!"

"够了,明天所缺的开支基本够用了!"哥哥说着,脸上有了一点儿喜色。

弟弟无言地接过那个牛皮纸信封,掂在手中,看着,泪水不觉溢出了眼眶。

我看着,则轻轻地呼出一口气,紧张了几日的心情一下子轻松了。但同时,我的脑海中,却又浮出了那一大片无边无际、刮着猛烈寒风的雪野,想起那一刻的无助与无奈……

明天,我知道那些不停燃放的噼里啪啦爆响的鞭炮声里,一定会藏满喜悦、自豪以及乡邻的由衷赞叹!

母亲中奖

○张勇

星期五中午，母亲打电话，兴奋地告诉我，她中奖了。

我好一会儿才听明白，原来在促销太阳能的宣传单上，母亲刮出了一个特等奖，不但太阳能少掏五百元，还额外奖励一台笔记本电脑。

我淡淡一笑，告诉母亲，这种刮奖单多的是，这是商家促销时常用的手段，促销产品大多是叫不上来的牌子，所以不能当真。

母亲却怎么也转不过这个弯，她一遍又一遍地说，全村就我一个人刮出特等奖，白纸黑字怎么会不算数呢？

我看母亲的态度一时很难改变，就说，星期天我回去一趟。

母亲这一代人很善良，在留守的村庄里经常被人骗。有一次给一个过路人换零钱，放钱的匣子就在床头柜里，一眨眼的工夫，放在柜子里的几百元被人偷走了。母亲在家闲得慌，非让我给她买只羊。一天，两个骑摩托的年轻人经过，一个对母亲说，你这只羊怕有五六十斤吧？另一个说，我看有七十斤。先发话的那个人说，让我抱抱就知道了，说着就抱起了羊。另外一个人发动起摩托，两人一溜烟跑了，留下母亲在那里直跺脚。

然而母亲吃一堑并没有长一智，总也改不了善良。这种性格似乎已经深入骨髓。一辈子的习惯，能轻易就改么？

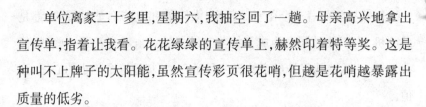

单位离家二十多里，星期六，我抽空回了一趟。母亲高兴地拿出宣传单，指着让我看。花花绿绿的宣传单上，赫然印着特等奖。这是种叫不上牌子的太阳能，虽然宣传彩页很花哨，但越是花哨越暴露出质量的低劣。

我告诉母亲，太阳能如果质量差的话用不了几年，赠给的"名牌"笔记本也不经用。这种骗局太常见了。

母亲的眼神黯淡了下去，我真有点不忍。虽然现在家里盖了新房，的确需要一台太阳能，但买个次品总归不好。

我对母亲说，我一个同学在卖太阳能，买个上档次的吧，稍微贵一点罢了。母亲没有说话，她失望的表情让我心痛，我知道她心疼钱。

星期天，正在单位加班，母亲又打来电话说，村上人都很羡慕这个特等奖，正好你们也想买太阳能和电脑，要不我们买一个吧？

我有些生气，觉得她简直无法理喻，我想发火，但还是忍住了，我说过几天再说吧。

晚上我把这事给妻子说了，妻子考虑了一会儿说，正好我们两样最近都想买，干脆遂了她的心愿算了。

我有些吃惊，掏两千多元买一个次品？妻子狡黠地笑着说，你就不会来个偷梁换柱？然后如此这般地说了一番。

我恍然大悟，立刻给母亲打电话说，我抽空回去拿上奖券，我们买一个。母亲在电话那头忙不迭地答应，我甚至听见了她孩子似的笑声。

又是一个星期天，我和经销太阳能的同学回了趟家。师傅们把东西都搬下车，安装完毕后离去，母亲看着她刮来的低价太阳能和一大堆赠品，高兴地说，终究要买的东西，替你们省一个是一个。说完拍拍身上刚蹭上的灰尘，很轻松的样子。

妻子对母亲说，这下我们不但省了钱，还得到了一台笔记本电脑，真值。说完和我相视一笑。

这笑里隐藏着一个秘密。其实,太阳能和电脑都是我买的,都是品牌机,太阳能被同学换成了抽奖时的标签。虽然多花了一些钱,但我觉得,用这些钱保护母亲的善良和童心,了却她这个小小的心愿,真值。

一位编辑朋友

○张勇

我是一名文学爱好者,初结识一位编辑,又在他所编的杂志上发了几篇文章,心存感激,很想去拜访他,但因手头拮据,跟他打过招呼后好久,才去拜见。

见面时他正好下班,我说:走吧,请你去喝两盅!他爽快地一笑,说很好,便带上我走进一家中档餐馆。

落座后,我把桌子上的菜谱递给他,说:你尽管拣你喜欢的菜点!

他看了看菜谱,爽朗地一笑,说:好吧!

他开始点菜。片刻工夫,我的心有点儿紧张起来。尽管我来时自认为带足了花费所用,但经他这一点,我算着刚才已看过的菜价,早已超支几倍,我头上微微冒汗,忙制止了他。

我说:唉,先停停,还是……还是我点吧!

他依然爽朗地一笑,说:好吧!

吃罢饭,我们出门,告别时,我说:啥时候能让我到你家里坐坐?他还是爽朗地一笑,说:下次来时再说吧!

我的文章依然在发表。

我想再次见他。又一次约好,我去了那座城市。

这次我被他直接带回家中。

简简单单地炒了几个菜,蒸出一锅香喷喷的米饭,我和他还有他的娇妻围桌而坐。我开始一直拘束着,后来胃口大开。

他看着我,爽朗地笑了,他说:还是家常饭香啊!老弟,下次再来,可别再跟我充大款了!

我一愣,这才弄明白他当初的用意。

米酒醉生虾

○林荣芝

一个炎热的夏天,热辣辣的太阳把珠江口岸烘得热腾腾的,烘得天边连同大海一片通红。

日本鬼子入侵珠江三角洲后,我军曾浴血抗战。但鬼子依仗先进的武器,依然在珠江三角洲横行霸道,当地的人们躲进丛林不敢出来。

那些天,日本鬼子驾着战艇在珠江口岸作威作福,见物就抢,见人就杀,坏事做尽。这一带的渔民屡遭劫难,痛不欲生。

一天中午,烈日当空,一艘日本鬼子的战艇在海面上横冲直撞,艇首的太阳旗挂得高高的,朝着东南方开去。甲板上站着十多个袒胸露背的鬼子,个个渴得伸长舌头,有的还摘下帽子扇着风。

日本鬼子又在准备偷袭我军的驻地了。

此时,在磨刀门的芦苇荡里,有一条小木船徐徐驶出,朝着日本鬼子的战艇驶去。船装载着几十担米酒。船上有三个大汉,一个摇着船,一个把着舵,一个蹲在船头喝酒。也许是装载过重,船儿驶得十分缓慢。

小木船被日本鬼子发现了,战艇加速朝小木船驶来。战艇上的鬼子端起了枪,站在甲板上,对准小木船。

两船越来越近。小木船上的三个汉子一点也不惊慌,继续摇着船。鬼子的指挥官龟田两眼盯着小木船，一只手紧紧地握着指挥刀。

龟田没看出可疑的地方，没有命令开枪，也没有命令战艇避让。他想：小木船碰战艇，岂不是鸡蛋碰石头？岂料小木船也没有避让的意思，继续朝战艇驶去。操舵的鬼子得意地笑着。就在小木船即将被战艇撞着的时刻，小木船突然一个左闪，从战艇一边滑了过去。鬼子受了戏弄，但他们并没有立即发作，只是瞪大了眼，看着小木船船头的大汉狂饮。

一阵阵酒香从水面上飘过，飘到鬼子战艇上，鬼子才晓得刚擦肩而过的小木船运的是酒。鬼子们口干舌燥，一想到酒，个个咽着口水，缩起脖子，把枪收了起来，异口同声地对着小木船呼叫："喂，你的停住！"

小木船停住，三个汉子"傻呵呵"地望着鬼子。

鬼子的战艇转过头来，驶近小木船。鬼子头站在甲板上，伸出干燥的舌头，说："你的，运酒的？靠过来，给皇军酒喝，皇军大大的有赏！"

话音刚落，有几个鬼子跳到小木船上，舀起酒仰头便喝。此时，三个大汉悄悄将事先准备好的钢丝绳，牢牢地勾住了鬼子的战艇。

"痛快，痛快，中国米酒，好痛快！"鬼子们喝得酩酊大醉。

此刻，年长些的汉子使了个眼色，另外两个汉子一同划着了火柴，迅速投进酒里。然后三人纵身一跃，钻进了水底。鬼子们还不知是怎么回事，"轰隆"一声巨响，小木船连同鬼子的战艇一起炸烂了，鬼子的尸体浮在海面上燃烧着。

当三个汉子从遥远的海滩爬起时，回头望了一眼近海，近海的海面被米酒烧红了一片，天空也烧得通红。

"妈的，搭了老子一条船！"汉子骂了一句，望着烧红了的海笑了起来。

一烧，就烧了一天一夜。酒流到哪里，哪里就有火，映得海天一片通红。人们传说,至今这一带的虾鱼就因酒香不绝熏得通体红红的,它们摇摇晃晃,一副醉态。于是,人们就发明了一道富有地方特色的名菜:米酒醉生虾。

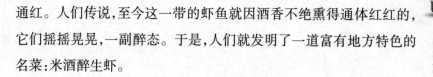

米酒醉生虾

手 势

○林荣芝

厂里公开竞选厂长,罗强过五关斩六将,好不容易进入总决赛的行列。

罗强是凭着自己的实力赢得最后决赛资格的。他是六十年代本科毕业生,只因没遇到"伯乐",一直在车间当工人,整天手操铁锤敲敲打打。

这次厂里领导班子改选,破天荒公开竞选,满怀责任心和事业心的罗强便摩拳擦掌上阵了。他想不到自己竟这么顺利地过了几关,进入了总决赛。然而,最后这一关着实令他头痛。这一关,是要对着全厂职工进行演讲。罗强天生腼腆,就怕对着千把人讲话。记得那个年代,领导让他在讲用会上谈心得,他就跑去医院开一张咽喉炎病假条回来对付。可这回是竞选厂长,总不能再去开张病假条了吧?

上面也真是的,选厂长革新倒不错,但非得学什么洋人演讲嘛!罗强确实有点犯难。

难归难,总得要闯过这一关。身边有几位工友给他鼓劲,为他出谋献策。有的还抱回一大堆《演讲与口才》等有演讲内容的资料书让他参考。

经过一番苦练,罗强终于练出一套流畅的口才,就是姿势不怎么好看。

罗强也晓得,演讲不但要口齿伶俐,而且姿势也要自然得体。即使口才多好,姿势欠佳也无济于事。

所以,这几位工友们又叫他练。罗强便又练。

罗强一边练,工友甲一边纠正说:"头不要太仰,以免人家说你傲气;但也不能过低,低了人家说你胆小怕事。对!这样平视,平视好,平视就是一视同仁。"

最后,工友乙指出:"手势欠佳,很不自然得体。"

的确,罗强也自觉双手不自然。可这双手,怎么放呢?总不能插进裤袋里吧?也不能随意手舞足蹈吧?

于是,罗强又和工友们翻阅参考书,但书里的图像,就两个固定的手势。演讲,总不能永远两个固定的手势呀!

罗强一面思量一面练手势。可是练着练着又回到他手握铁锤敲敲打打的手势。

"不行不行,"工友甲摇头说,"这手势是工人敲打铁板做工的动作,不像领导的手势。领导的手势要有领导的模样。"

"咋才是领导的手势?"罗强脱口问。

大家语塞了。是呀,怎样才是领导的模样?

"就学列宁吧。电影《列宁在1918》中的演讲就这么做手势。"有的工友比画着说。

"我学不大好。列宁演讲的手势有点急。"罗强摇摇头。

"那就学毛泽东吧!毛泽东的手势大方文雅,自然得体!"

"对!就学毛泽东的手势!"大家一致通过。

于是,罗强便学毛泽东的演讲手势。练了几天,工友们都说像,都说大方得体,都说准行!

第二天,演讲决赛开始了。

这几位工友千叮万嘱罗强:演讲时,不要怯场,千万要记住使用毛泽东的演讲手势。

罗强连连点头。临上阵时,他还在心里练习毛泽东的演讲手势,哪怕是一招一式,他都亦步亦趋地模仿。

轮到罗强演讲。只见他从容大度地走上讲台,颇有点毛泽东准备向革命大军演讲的风度。开始,罗强的手势还倒像毛泽东演讲的手势,但渐渐地,当他激动时,手势却不由自主地变为平常操铁锤敲敲打打的习惯姿势了。不过,他这手势还不算难看。

演讲完毕,那几位工友摇头对罗强说:"怎么搞的,叫你千万记住毛泽东的手势,可你偏偏……"一副很泄气的样子。

"唉,这是习惯,改不了改不了。"罗强也苦笑着说,"习惯成自然。如果我不是当厂长的料硬把我推上去,也当不好,还是顺其自然吧!"出乎罗强和他的工友们意料之外的是,公布投票结果时,罗强竟以90%选票当选厂长。

事后,罗强才晓得,全厂广大工人喜欢的正是他那操铁锤敲敲打打的手势。

都市菜虫热

○林荣芝

王五最近下岗,心情不大好,老爱喝酒。王五人是个精明人,脑瓜儿灵活,也能吃苦,但厂里要压缩人,王五没后台,自然下了岗。

老婆见王五老在家喝闷酒,便建议王五出去找点儿生意做。俗话说,坐吃山空。家里大的不吃小的还得吃。

王五思量再三,决定在菜市场租个摊位卖菜。邻居陈四,下岗后在市场卖海鲜,也挣得盆满钵满了。王五心想,老子口才好,脑子也比你陈四活,就不信卖菜挣不了钱。

一杆秤,一桶水,一个钱盒,外加一片空地,这便是王五的卖菜摊儿。王五早上从菜农手上买下青菜,便摆在地摊儿上卖。王五将青菜弄妥,便扯开嗓子嚷:六月豆角七月苦瓜八月小白菜,好靓好嫩的小白菜哟……

生意刚开张,虽不大景气,但总算也挣了。五毛进货一元出货,虽卖剩了些,但也不多,总算能挣钱了。王五知足了。

但渐渐地,王五不知足了。他口才比别人好,手比别人勤快,菜比别人靓,价比别人便宜,但钱比别人挣得少。他不甘心,他有怨气。

王五左斟右酌,思前想后,最后得出了经营之道:买菜的主妇,都爱买熟客,生怕青菜有农药,吃了没保障。

所以,任凭王五大叫大喊,左扯右拉,压价再压价,生意还是火不起来。

生意火不起来,王五倒火起来了。他索性又回家喝酒了。有时,还怨天尤人地骂娘。老婆听了心里难受,便把电视开得亮亮的大大的,以示抗议。电视不开倒也罢,一开倒让王五来了灵感:电视上有条新闻,某县近期出现"米虫热"现象。居民专挑有虫的米买,说有虫的米没有工业污染,吃了保险。

王五听后,眼一亮,大腿一拍:有了,我们去捉菜虫! 于是乎,王五一家几口便去菜园捉菜虫。回来后,吩咐老婆站在菜市门口如何如何做,自己便摊开菜蔬,将菜虫撒在青菜上面,任由菜虫"横行霸道"。

王五老婆手提着一把青菜,见人就说,哎哟,近日某菜场有人吃了青菜农药中毒,差点丢了命呢! 所以买菜得小心点儿,要挑些有虫的买,这才保险。

大家听她这么一说,都觉得有道理,都去挑有虫的菜买,但挑来挑去,只有王五这个摊位的菜有虫。尽管青菜上爬满了菜虫,黄黄的、白白的,有的还长毛,主妇们也不怕,也买。

王五也聪明,服务态度也好,将菜虫全抖搂下来,剩下的菜再卖给人家。这样一来保存着菜虫做广告,二来也挣了个好服务的称赞,因而生意特别火。

一连好几天,王五的生意红红火火,王五的腰包也胀得鼓鼓囊囊。而市场里的菜贩,个个也急得眼睛红红的。他们得知王五的诡计后,纷纷仿效,果然也奏效。

王五为了垄断市场,便想出一个绝招儿:高价收购菜虫,百元一两。菜农们纷纷与王五达成口头协议,专为王五供应菜虫。这样一来,尽管他人的青菜上偶有些菜虫爬行,但绝比不上王五的多。王五摊位上的青菜,虫子依着虫子,会飞的,会跳的,会爬的,都有,令人毛骨悚然。但主妇们不怕，她们怕的是农药，怕的是家人中毒。况且买菜时，王五会将菜虫一条不剩抖搂下来，还有什么可怕的呢？

你的招数高，我比你还高。有的菜贩收购菜虫价出得比王五的更高，菜摊儿上的菜虫比王五的更多：虫子攃着虫子，层层叠叠，成千上万，像一窝蜂似的。因而，生意又比王五好了。

然而，大凡到下午，菜虫几经折腾，几经爬行，累了，都停了下来，家庭主妇们见菜虫不动了，都不敢买他们的菜。唯有王五的还在动，还在爬，甚至在跳，所以她们都来买王五的菜。王五的生意又一次火了起来。

原来，王五好酒，常带酒来菜摊儿呷两口。一有空，就呷。一次，他见有人朝他菜摊儿走来，他不想让人看见他呷酒，就忽地喷了。岂料，这酒一喷，喷在菜上的菜虫上，本来蔫了的菜虫经酒的刺激，又活跃了起来，又爬了起来。人们见菜虫还在爬，便又买王五的菜。王五就此依样画葫芦，生意依然红火。

有一天，电视台播放一条消息，说某厂在市场买的青菜，虽有菜虫，但工人们吃了也中毒，幸好抢救及时，才保住了生命。

市民们一看到这条消息，都愕然。愕然过后，都大呼上当。菜有虫无虫都一样，倒不如买无虫的省事儿。这么一来，市里流行的菜虫热忽地又冷下去了。

丑　模

○朱会鑫

从事人物写生近二十年,却没有画出什么名堂。搞了一辈子艺术研究的父亲告诉我,有时候,剑走偏锋是成功的捷径,他让我由画美改为画丑。没想到在全国性书画大赛中,我的画丑之作《沧桑》竟然一炮打响,一时间,我成了画坛一颗璀璨的新星。我的丑画在书画市场成了抢手货。

意外的成功主要得益于我的丑模。丑模是我爸爸被下放落户农村时的朋友,我爸让我叫他王伯伯。王伯伯听说我给他画画,每次给他50元,不禁睁大了眼说:"哪有这个理的?照相片还要给人家钱呢,况且我这是张既老又丑的脸,哪里会这么值钱呢?"他说什么也不肯拿钱,后来见我说,如果不拿钱的话,那我就找旁人,他才答应了,但每次都嫌我给多了,非要少拿点不可。这愈发让我有点看不懂他。

王伯伯家在农村,他在城里以捡破烂为生,据他自己说他老婆得病死了,独生子也被水淹死了。他说这些话的时候,语气好平淡,好像说的完全是跟自己不相干的事。可他的眼神却深邃得像一口不见底的井。也许正是因为那样的眼神,让我捕捉到了灵感,媒体说我画的人物形象丑得实在,丑得浓烈,丑得有韵味儿。说我画的人物的眼神像长了双手似的,能抓住人的眼球,抓住人的心。

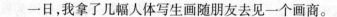

一日,我拿了几幅人体写生画随朋友去见一个画商。

敲开门,我不禁一怔,里面的矮胖男人一愣神后迅即叫道:"哎呀,是你呀!不认识我啦?"他身后是一个身着入时浑身透着珠光宝气的女人。

"我随我爸常去你家的,你妈给过我两块饼干呢,忘啦?我们常常玩'耳朵鼻子眼'的……"见我还在打愣他又急急地补充道,显然,他是在跟我套近乎。

"哦,怎么会忘呢?你一点都没有变,是名副其实的'胖墩子',只是没有想到——"我想不通这人明明活得好端端的,王伯伯怎么就说他被淹死了呢?一时间,我竟然难以回过神来。

"快请进,快请进!今天真是贵客临门啦!"胖墩子回头对身后的女人说,"快,快,快上茶。"

我在宽大的沙发上坐下,随手把带来的几张画靠在茶几腿上。为了掩饰内心的局促不安,我轻轻呷了一口茶,然后礼貌性地探问道:"王伯伯现在好吗?"

"哦,挺好的,身体健朗得很,前天,我们一家三口还回去看他了呢。好了,别提他了,听说老兄在书画界颇有名气,尤以画丑见长,小弟受人之托欲求购几幅,想必都带来了吧?"胖墩子赶忙岔开话题,他从不喜欢别人提起他家那位丑得让人做噩梦的死老头子。

"哦,不好意思,画的事情看来得以后再说了……"我如坠五里雾中,他们这对父子是怎么了?

"怎么回事?"胖墩子急问。

"刚才我慎重地想了一下,带来的这几幅作品都还很不成熟,所以不能出手。"

"不会吧,老兄是不是多虑了,怕跟我谈钱伤感情是吗?这亲兄弟还明算账呢,这样吧,我在原先的价码上加一层。"

"不，老弟你误会了，我是真的觉得作品有问题，我总不能因为钱而毁了名声啊。"我用眼示意了一下为我牵线搭桥的朋友说，"我们走吧，以后再说。"

朋友跟着我逃了出来，对于我来说确实是逃，我平生第一次有了做贼的感觉。

朋友望着神色很不自然的我不解地问："怎么回事？不是说好了吗？怎么你突然变卦了？"

"你知道什么？我画的是他老子！"

想到自己还欠王伯伯一笔薪酬，便想拨打电话通知他，谁知电话已经欠费停机了，没有办法，只好一路打听，找到了王伯伯的家——一个小柴棚样的小房，门边一辆锈蚀的人力三轮车……

听说我找王伯伯，热心的邻人告诉我，他已经死了一个多月了。这老头子好可怜，一辈子就一个独生子，还不认亲爹，死后连个送终的人都没有。

邻居还说，王伯伯是去银行存款时被卡车撞死的，那存折上满是血啊，可怜的人，临死把存款都捐给了养老院，他还流着泪托人有机会转告他儿子，下辈子要找个好看的爹……

我的心一下子沉甸甸的，我亵渎了一个死不瞑目的灵魂啊，我把上次没有出手却一直带在身边的那几幅画拿到王伯伯的坟前，一张张地点着了，算是烧给他的纸钱。

斯病难医

○朱会鑫

阿旺、阿华这对堂兄弟,几乎在同一天住进了同一家医院。他们的病房又正好是斜对门。

阿华离任前是县委书记,阿旺是他属下的一个刚退下来的村支书。

住院一个星期了,阿华的病床前只有老伴徐曼丽一个人,没有谁来探视过。阿华心里闷闷的。

阿旺呢,一直由儿子儿媳陪着,隔三岔五就有村民来探视。阿旺心里好生过意不去,觉得自己在任上只是做了作为一个村支书该做的一些事。

早饭后,徐曼丽拉开病房的窗帘说外面阳光挺好的,叫阿华到窗口透透气,阿华懒懒地回了句"没心情"。徐曼丽问阿华想吃点什么,阿华仍是懒懒地回了句"没心情"。

忽然阿华手机铃声骤响,原来是那个从前不受自己待见的办公室主任,他问老领导病情怎么样了,说自己最近工作比较忙,改日一定抽空来看他。

阿华接电话的手微微颤抖着,没有想到这个一根筋的办公室主任还想着他,而且还说要来看他,阿华感动得快要流下泪来,他觉得心情一下子好了许多,忙不迭地对徐曼丽说:"快,快去买点好排骨,我感觉已经好久没有吃糖醋排骨了。"

"好,好。我这就去买,今天我亲自给你做糖醋排骨。"

徐曼丽拿上手提袋一阵风似的下了楼,刚出住院部的大门,迎面碰到家里侄儿家祥、家贵,还有几个不相识的。

"这不是家祥、家贵吗?"徐曼丽主动跟这两个晚辈搭讪道,她跟这两个侄子见过几面,前年他们还到她家求他们二叔帮忙呢。

"哦,原来是二婶啊,您这是?"

"你们华叔病了,跟你们旺叔的病房斜对门。这不,他说想吃糖醋排骨,我正忙着去菜市场呢。"

"哦,华叔也病了?那您忙吧,我们待会上去看看。"

"那好,你们几个今天在咱家吃饭呀。"徐曼丽再三叮嘱之后扭动着略微发福的腰肢走了。徐曼丽自己也弄不明白,自己怎么像变了一个人似的,怎么会突然变得如此随和。

见到家里几个侄儿,徐曼丽心里面感到特舒畅。不知怎么的,她竟为前年家祥、家贵兄弟俩上门自己没有给他们好脸色而感到深深的愧疚。唉,好在来日方长……

徐曼丽提着便携式饭盒风风火火地走进病房,她将饭盒放在床头柜上,边打开饭盒边问阿华:"家祥、家贵他们走了?"

"什么家祥、家贵?"

"你的两个堂侄儿呀,他们没有来看你吗?"

"没有啊。哇! 这么多啊,快给阿旺兄弟送点过去。"

"哦,那他们肯定还在他旺叔那儿,还没有过来看你。你快吃,我这就给送过去。"

徐曼丽拉开病房的门一下子愣住了:家祥、家贵还有那不相识的几个人正跟阿旺挥手作别呢,更可气的是他们走到走廊尽头的时候还传来家祥的声音："二叔,你要安心养病,咱村里人都盼着你早日康复回去呢。"

徐曼丽"啪"地一声把门关上,把手中端着的糖醋排骨,往病床床头旁的药柜上一丢,脸色阴沉沉的,像要下暴雨似的。

"咋了?"阿华见徐曼丽去而复返而且脸色难看,颇感疑惑地问道。

"真是气死了! 这真是过时凤凰不如鸡,你瞧瞧,你那些侄儿,当初用着你时就认你这个二叔,如今你退下来了,明知道你住在这儿,连过来瞧瞧都不来……"徐曼丽想到刚才家祥、家贵他们跟阿旺告别时的情景,真是气不打一处来。

"来,喝点水,干吗生闲气啊? 气大伤身。"侄儿没有来探望他,阿华心里自然很不舒服,可他知道老伴的脾气,是切不可火上浇油的。

忽然,响起了"笃笃笃"的敲门声,继而家祥、家贵提着一网兜补品推门走了进来。一进门,兄弟二人就歉意地说:"二叔,我们先前来得匆忙,刚才下去给您买了点补品——"

徐曼丽见状忙不迭地给兄弟二人让座,原本充满怒意的面孔一时间显得很不自然。

"唉,看你们兄弟俩,能来看二叔,有这份心就行了,干吗还买这么多东西?"阿华是真的有点发自肺腑的感动。

"二叔,咱们来看你还不是因为我们是叔侄吗? 说句您不爱听的话,您要是在任上,咱们还不来看你呢……"

在以后的日子里,隔三岔五的就有村里的人来看望阿旺。阿华的病床前一直冷清清的。那个说过些日子就来看望老领导的一根筋的办公室主任也一直没见影子。这样,阿华夫妻俩便落下了一块不大不小的心病,不久阿华坚决要求转院了,说是在这医院里,这病是永远也没法治好的。

苦 与 乐

○朱会鑫

一

年迈的母亲望着难得回一次老家的大儿子有义,不无关切地说:"孩子,你比以前瘦多了,是不是压力太大了? 你的工作不是挺好的吗?"

"唉,好什么好啊? 妈您是不知道呀,这整天坐办公室,一张报纸一杯茶,一坐就是几个小时,这不,前几天到医院一检查,又是脊椎劳损又是腰椎间盘突出的,搞得我整夜疼得睡不好觉呀!"有义说话时一副苦兮兮的样子。

"哦,这人啊,天生这副皮囊,也许就是受苦的命吧,你弟弟在渡口整天没日没夜地忙活,啥病都没有,可你坐办公室倒坐出一身病来了。"

二

年轻的妻子望着皮肤黝黑的丈夫有才,心疼地说:"别去摆渡了,风吹日晒的,真苦了你了,咱另找个工作吧。"

"苦个啥？咱庄稼汉子有的就是一把力气，等以后通上桥了，我再改行。"有才憨厚地老实巴交地说。

年轻的妻子嫁给有才就是看上了他的憨厚，说嫁给这样的男人，一辈子心里都踏实。

"可这渡口啥时才能通上桥啊？你听谁说要通桥的？"妻子望着丈夫。

没听说，我就是估计的，应该不会太久了吧。有才随口应道。

三

在劳教所的探视室里，显得愈发苍老的母亲望着曾经让她这辈子引以为傲的有义，不无伤感地说："孩子，你咋鬼迷心窍啊，妈打小不就教育你，不该自己的东西别贪吗？"

"妈，我错了。"有义不敢正眼看他的母亲。

"孩子，你受苦了，你哪天干过体力活呀！"母亲伤痛不已地说。

"妈，我在这挺好的，领导挺照顾我的，白天让我干些比较轻的体力活，晚上让我给大家上上文化课，虽然是忙了点，可感觉比从前充实多了。您看我这筋骨是不是硬朗多了？"又黑又瘦的有义说的既像是实话又像是为了宽慰母亲。

"孩子，你的腰椎有病，要学会照顾自己，这是妈为你买的膏药，疼痛时贴上一片会好受些……"母亲眼中泛着浑浊的泪光，颤巍巍地从手提包里拿出几袋风湿伤痛膏。

"妈——"有义牙咬着下唇，强忍着没有流下泪来。

四

又是一个探监的日子,有义木然地接过有才给他买的一大网兜吃的用的。当他从弟弟手中接过一张泛黄的纸时,他的手颤抖了,他的心比手颤抖得更加厉害,那纸上是弟弟画的"好兄弟,风雨兼程"图,画面是他们兄弟俩在上学的路上,在风雨中,相互扶持着艰难前行。

"哥,在那场风雨中我们都没有摔倒,你知道是因为什么吗?那是因为我们都脚踏实地啊!"有才动情地说。

"哥感到羞愧呀,白白比你多读了那么多年的书,竟然连这么浅显的道理都没有悟透。"有义羞愧难当地将头垂得很低很低……

五

明天,渡口上新建的大桥就要正式通行了,有才早就盼着这个日子。说心里话,当这个日子一天天逼近时,他心里有点莫名的恐慌。一年前,他和妻子一起把这些年来辛辛苦苦积攒下来的 20 万元存款尽数捐出来造桥时,心里没有一点犹豫,可现在,想到将要离开那熟悉的渡口和已经破旧的渡船,心里真的有一丝淡淡的苦涩。

夜已经很深了,有才轻手轻脚地披衣下床,径直向渡口走去。朦胧的月色下,妻子悄悄跟在他的身后,她要陪伴丈夫摆完最后一次夜渡。

转 运 珠

○刘艳杰

现在时兴婆婆给儿媳妇买转运珠,据说戴在手上可以带来好运。"你婆婆给你买转运珠了吗?"这话听多了听腻了听烦了,听得我的脑袋也快要炸了。不知从哪个鬼地方卷来这股邪风。这些日子,我在单位里听得最多的关键词就是"转运珠"三个字。

单位里的十来位女同事又聚拢在一块儿了,当然我妻子也在内。她们左一句转运珠,右一句转运珠,句句不离转运珠。

"这是我婆婆昨天才给我买来的转运珠。"李敏伸出瘦长的手指,搁到王慧的眼皮底下,似乎在证明她的婆婆是如何的疼爱她,"你婆婆给你买转运珠了吗?"

王慧谈起转运珠,更是吐沫星子漫天飞:"哟,你还问我,你已经落后了,我比你先进得多,一个月前我婆婆就给我买了,戴上转运珠的感觉就是好。就拿这次晋级吧,咱乡就两个指标,我都摊上了一个。你能说转运珠不能转运吗?"

最后,这群女同事都把目光集中到张楠和我妻子的身上,因为只有她们俩到现在还没有转运珠。

晚上休息时,妻子脸阴得能拧出一桶水来:"你看,单位里的女同事都有转运珠了,可我……"妻子对我娘不满了。

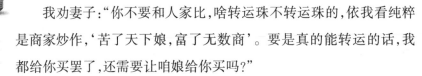

我劝妻子："你不要和人家比,啥转运珠不转运珠的,依我看纯粹是商家炒作,'苦了天下娘,富了无数商'。要是真的能转运的话,我都给你买罢了,还需要让咱娘给你买吗?"

妻子辩驳道:"转运珠都是婆婆给儿媳妇买,哪有老公给媳妇买的? 你买就不灵验了。"

接下来我劝妻子一句,妻子就反驳我一句。我只好甘拜下风,答应让娘给她买转运珠。可我当时就后悔了,娘哪有钱给妻子买转运珠呢?

娘今年已经62岁了,和父亲面朝黄土背朝天地在乡下种地,平时省得连棵青菜都舍不得买,吃酱豆、蒜泥、腌萝卜干儿。娘含辛茹苦把我们兄弟五人拉扯大,供我们上学,给我们盖房子,又给我们都娶上媳妇,多么不容易啊! 我说啥也不能让娘出钱给我妻子买转运珠,否则不孝啊!

第二天我给妻子编了个瞎话,骑上电动车回到了距单位20余里的乡下老家。到了家里,娘问:"小孙儿自豪好吗? 自豪他妈也好吗?"我说都好哩,娘这才放下心来。我把娘拽到堂屋,娘看我欲言又止的样子,忙说:"孩子,天这么冷,回来是不是有啥事? 快告诉娘。"

我从钱夹里掏出100元钱递给娘,娘没等我解释就把钱推了回来,娘瞪大眼睛说:"孩子,你这是弄啥? 娘又不缺钱花。"我说:"娘,我不是这个意思,我给你这100元钱是让你给自豪妈买转运珠的。"娘说:"啥转运珠? 我咋没听说?"我说:"娘,你可能还没有听说,现在都时兴婆婆给儿媳妇买转运珠,儿媳妇戴上婆婆给她买的转运珠,就可以事事顺心。自豪妈在我面前嘟囔了多次,所以……"说完把手中100元钱硬塞给娘。娘看这钱不收确实不行,才勉强收下了。

隔了两天,娘就来给妻子送转运珠。虽然时值冬季,娘来时已是满头大汗。妻子见娘来给她送转运珠,当时便喜不自禁,连声说:

"娘,你真好,你真疼你的儿媳妇。"

娘从怀里掏出一个鼓鼓囊囊的食品袋,轻轻地放在桌子上,说:"这是咱家里的鸡下的蛋,无污染,你们留着吃吧。你们忙,我回去了。"我说:"娘,你再多歇会儿,急啥,吃过午饭再走吧?"娘说:"不了,我还得赶紧回去,上你大嫂、二嫂、三嫂和四嫂那儿呢。"我和妻子好说歹说也没能把娘留下来。娘连口茶水也没顾得上喝一口,就又匆匆地离去了。

妻子戴上娘刚给她买来的转运珠,蹦着跳着唱着上班去了。我解开娘放在桌子上的食品袋,一枚枚白花花的鸡蛋映着从窗格子投进来的阳光,晃得我的眼睛酸酸的。我把鸡蛋小心翼翼地搁在坛子里,当我从食品袋里拿出最后一枚鸡蛋的时候,我惊呆了——下面压着一张100元钱。

我双手哆嗦着把这100元钱拿出来,眼泪禁不住"哗哗哗"地流了出来……

第二天清早,我去上班的路上恰逢老家的堂叔。堂叔说:"你们城里人的规矩真多。前天你爹和你娘拉着架子车,来回折腾了好几趟,才把家里的十来袋玉米卖了,凑钱给5个儿媳妇买什么'转运珠'……"

我傻傻地看着堂叔,像个做错事的孩子,一句话也说不出来。

卖蘑菇的女孩

○刘艳杰

天气寒冷，我习惯步行上班。老君台后街的菜市路口是我必经之处，在这里总能遇见一个约摸十二三岁的女孩，站在距离路口三十米远的一个水泥墩旁卖蘑菇。水泥墩上一层污渍，凌乱地涂些小广告。女孩将竹篮放在水泥墩上，竹篮里盛满新鲜的蘑菇。女孩一只手搭在篮子上，另一只手套进像自己缝制的棉手套里，勾头瞅竹篮里的蘑菇，偶尔抬头瞟一眼过往的行人。

女孩引起我的注意。

这天，我提前半小时出门。冬天早晨气温低，夜晚霜雪落满地。女孩站在那里似乎有些羞赧，半天不说一句话，不像其他菜贩子，老远招揽行人来买菜。女孩的生意有些惨淡，十多分钟才有一个人来买蘑菇。我走过去站在女孩的蘑菇摊前。"叔叔你好，买蘑菇不?"女孩见我站在她摊前，一脸兴奋地问。

"给我称二斤。"我抬头看女孩一眼。其实我和家人都不太喜欢吃蘑菇，平时也很少买。女孩笨拙地一手掂秤杆，一手往秤盘里轻放蘑菇，"请你放心，买俺的蘑菇保你不吃亏。俺这蘑菇不掺水，吃不完放个十天半月冻不坏。"女孩边称蘑菇边解释。"我就是听说你卖的蘑菇不掺水才来买的。"我冲女孩笑着说。

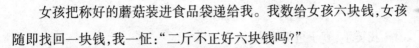

　　女孩把称好的蘑菇装进食品袋递给我。我数给女孩六块钱，女孩随即找回一块钱，我一怔："二斤不正好六块钱吗？"

　　"不是哩，俺卖的蘑菇两块半钱一斤。"

　　"真是物美价廉，你为啥不在菜市里卖呀？那里人多，像这么好的蘑菇，肯定卖得快。"

　　"在菜市里卖要交三块钱税哩，在这儿卖不交税。"

　　我跟女孩聊几句后，拎一兜蘑菇直奔单位。上午下班，我回家告诉妻子："咱伸伸手，帮助一下卖蘑菇的女孩。以后咱们可以试着多吃些蘑菇……"妻子也连声说好。

　　每天我拎两三兜或四五兜蘑菇上班。一次，女孩有意问我："叔叔，近些日你为啥突然买俺那么多兜蘑菇哩？"我谎称："自从第一次买你的蘑菇带进单位，同事见了夸我买的蘑菇新鲜，不掺水，都想让我顺便给他们捎些。"女孩感激道："哦，原来是这样呀。谢谢叔叔每天来买俺那么多蘑菇。"

　　我和女孩逐渐熟悉，每次来买蘑菇都会和她聊上一会儿。

　　"这蘑菇是你家种的吗？"

　　"不是哩，是俺妈从外面买回来的，然后俺和俺妈每天再赶早集卖。"

　　"这一竹篮蘑菇能赚多少钱？"

　　"二十块钱左右吧。"

　　"你应该好好读书，怎么每天在这里卖菜呀？"

　　"俺读七年级，不上早读课，九点之前赶到学校不会耽误课程哩。俺想帮俺妈多卖些菜，多挣点钱，俺爸的手术就能尽早做。"

　　我心里想，多懂事的闺女啊！就这样，我每天乐此不疲地买女孩的蘑菇。一天晚上，妻子告诉我："老公，你每天买回几兜蘑菇，咱家确实吃不完。为了帮助女孩，我把你买回来的蘑菇便宜兑给了邻居……"

我笑了,妻子也笑了。

转眼两个多月过去,一天,我像往日一样准时路过女孩的蘑菇摊,可左等右等不见女孩的影子。这时,从水泥墩后面的门面房里走出来一位老人,他问我:"这位同志,你是不是在等那个卖蘑菇的女孩?"我说:"是的,大娘。"老人说:"昨天那女孩卖完蘑菇对我说她得些日子不来,她要我碰见你,就把这封信转交给你。"我接过信,慢慢地展开:

叔叔你好!从明天起俺得一段时间不能来卖蘑菇,因为俺爸的病又厉害了,时间紧迫,俺和俺妈必须到省城给俺爸治病。非常感谢你两个多月来一直默默地帮助俺,使俺在这个寒冷的冬天里倍感温暖……俺也特别感谢你的同事对俺的帮助,所以每兜都多称一二两以表谢意……

爱如 49 封信

○刘艳杰

佚男将和与他恋爱三年的大学同学冰薇结婚。晚上,佚男翻来覆去地想:万事俱备,只欠妈妈。我一定让妈妈参加我的婚礼。

佚男说:"爸,我想让俺妈参加我的婚礼。"

父亲说:"她离开我们20多年了,咱咋联系上她呢?"

佚男说:"我能找到俺妈。"

20年前,母亲要领养一名遗弃的孤儿,父亲坚决反对,母亲赌气之下,携孤儿悄无声息地离家出走,就再也没有回来过。

父亲说:"她一次也没往家里打电话,全国恁大,再说了,已经隔了这么长时间,很难寻啊。"

佚男说:"爸,您错了。自从我高考那年,直到我大学毕业,俺妈一直没间断给我写信。当我熬夜备考时,她的信,犹如一杯暖暖的热茶,让我战胜了高考前的紧张,使我顺利完成学业。"

父亲说:"那你知道她的地址吗?"

佚男说:"这个我不太清楚,因为信封上没留下俺妈的地址,但寄信的邮戳地址是郑州。我一定想尽办法找到俺妈,让她和您一样,亲自见证我的婚礼。"

父亲说:"到这个时候了,有这个必要吗? 咱家有你陈阿姨和雨莲姐呢。"

陈阿姨是佚男的继母,雨莲是陈阿姨带来的女儿。10 年前,陈阿姨走进父亲的生活里。佚男一直不能接受这个事实。当初佚男毕竟是小孩,父亲不顾及他的内心感受,毅然决然地和陈阿姨走在了一起。为了躲避这个家,佚男在填报高考志愿时,故意报考离家几千地的大学。

佚男说:"我就是想俺妈,她才有资格参加我的婚礼。"

父子俩的对话雨莲听个正着。雨莲压住心中燃烧的怒火,从她的卧室里走出来。

雨莲说:"佚男,俺妈为你所做的一切,难道你一点感觉都没有吗?"

佚男说:"反正我是不能接受她。"

雨莲说:"你为什么一直不能接受俺妈呢? 俺妈对你哪点儿不好啦?"

佚男说:"我要我亲妈,我看她不顺眼。"

雨莲说:"佚男,你读高中三年,俺妈一天不落给你亲自煲汤送学校去。你的同学问你,给你送饭的是谁,你笑着说是家里雇的保姆。你知道俺妈当时心里多难受啊,佚男。回到家,俺妈权当什么都没发生,依然做着她该做的事情。"

佚男说:"她难不难受跟我没啥关系。"

雨莲说:"在家每次吃饭,俺妈第一个把碗端到你跟前,你连声妈都不叫,甚至连'谢谢'二字都不说。如果我没记错的话,10 年来,你只叫了一声妈。"

佚男说:"不,是你记错了,我从来没喊过她妈。"

父亲说:"不,佚男,是你记错了,你确实叫过一声妈。那是我和你陈阿姨送你上大学,当我们离开寝室的时候,你装作很有礼貌地说:

'爸、妈,你们慢走。'佚男,你知道吗?我们返回的路上,你陈阿姨激动得泪如泉涌,说了一火车的话,还说她总算熬值了。"

雨莲说:"俺妈坚信,总有一天,你会接受她的。所以,俺妈一直在努力,一直在用心做一位令你满意、称职的妈妈。"

三人沉默……

父亲说:"佚男,你收到你妈多少封信?"

佚男说:"高考前收到一封,大学四年,每月一封,总共收到49封信。"

父亲说:"你确定这49封信是你妈亲笔写的?"

佚男说:"那当然。"

父亲说:"那好。接下来,就让你雨莲姐给你解释49封信背后的故事吧。"

雨莲说:"佚男,其实这49封信并不是你亲妈给你写的。由于你正面不接受,甚至抵触俺妈,所以她就在背后以书信的方式默默地为你加油,鼓励你,祝福你。这49封信是俺妈让我以你母亲的口吻写给你的。我每写好一封信,俺妈都要亲自乘车到300里外的郑州给你寄去。恐怕在我们这儿邮寄引起你的怀疑,所以……她每次给你寄信的路途中都要呕吐一次。四年多来,她给你邮寄了49封信,也呕吐了49次……在她给你邮寄第38封信的时候,她赶到郑州已经不早了,天又下着小雨。为了能赶在邮局下班前十分钟把信给你寄走,她没舍得搭车,就小跑直奔邮局。在她走到距邮局30米远的拐角处,不幸被一辆迎面疾驰而来的电动车撞倒……如今俺妈的腿瘸就是因为那次给你寄信……"

佚男的眼睛里瞬间蓄满了泪水,继而夺眶而出。这是他10年来第一次为陈阿姨流泪。

佚男说:"怎么会是这样呢?"

佚男冲出客厅,闪进正在厨房做饭的陈阿姨身边,"扑通"一声,两膝跪在陈阿姨跟前，搂住她行走不便的腿，痛哭流涕地喊了一声："妈！我错了！"

陈阿姨泪如雨下，扶起伏男，捧住他的脸，"乖，快起来，妈不怪你。谢谢你接受了妈……"

书　诱

○钟心

热天的午后,知了在桉树上长鸣,蜻蜓在竹林间翻飞。

"二娃,走!"窗外现出小胖和小明兴奋而脏污的脸。他们使劲冲我晃了晃手里的细长竹竿,竹竿一头粘着被搓成弹丸状的蜘蛛网——他们照例已经准备好捕蜻蜓的工具了。

"嗯。"我趴在窗前,咬着嘴唇。我考虑的是要不要向他们提出下面这个问题,因为我已经提过不止一次了:"孙策和太史慈后来怎么样了?"

他们看着我,说不出话。老实说,他们对我很无语。

"走嘛!现在蜻蜓很多喔!"他们感到我又要扫兴,就开始诱惑我。

"不去了,你们快去吧。"我重新倒在凉爽的竹床上,懒洋洋地说。

"昨天叫你去捞鱼虾你不去,昨天刚下过雨,多好捞啊!今天叫你捕蜻蜓你也不去,真没劲。"他们一边抱怨一边走远了。

啊,亲爱的伙伴,原谅我吧,不是我对捞鱼虾和捕蜻蜓失去了兴趣,也不是我的作业没有做完。此时此刻,我真的来不及关心鱼虾和蜻蜓,我关心的是,孙策和太史慈后来怎么样了。

你想,孙策拔下了太史慈背后的画戟,而太史慈摘掉了孙策的头盔。他们不分胜败。但是后来呢？要知道，我可不想他们继续斗下去。他们都是少年将军，少年英雄，我多么喜欢他们漂亮的盔甲和英俊的面容啊，伤了哪个我都难过。

但是后来……后来没有了。我看到的不是一本完整的连环画，不过是其中的两页而已。它们还是我打洋包赢回来的。

我注意过同学们的连环画，没有谁有这个故事。我曾问过那个洋包是谁的，可是谁也不认得。也就是说，没人知道他们怎么样了。

就在这个午后，我悄悄跨过在睡午觉的爸爸妈妈和哥哥，溜出门，朝镇上飞奔。

我必须冒一回险。这个问题已经折磨我一个星期了。

孙策抛开大部队去追杀太史慈，这说明他也是冒险的。人们在必要的时候都要冒险，这个很正常。没错，是这里了。"张明芳"，这三个字我太熟悉了，我看过的所有连环画都有这么个印章，印章上都是这么三个字，那两页连环画也不例外。虽然我从来没有来过，但错不了。

"我……我要租书。"我结结巴巴地说。

"什么书？"一名妇女从人群中站了起来，熟练地问。显然她不在乎我是不是冒险来的，甚或冒多大的险。

"小霸王孙策。"这个名字我又是冒险说出的。我就看了两页，总共就四幅画，天知道那本连环画叫什么名字。小胖说应该叫《孙策和太史慈》，小明说应该叫《三国演义》。我已经反复看过那两页了，似乎所有的事情都是围绕着孙策发生的，他是当之无愧的主角，无疑应该用他的名字来命名，可是如果光叫孙策，音节未免单调了点，所以不妨加上他的绰号。

张明芳开始俯身在一本本连环画里找，我松了一口气。她的这个反应是正常的，至少可以说明是有这么一本书的。我最怕她奇怪地看着我,然后说:"没有这本书。"

"没有这本书。"她从书堆里直起身,还是说了这句话。

我沮丧极了。

她翻了翻记录簿,又说:"前天租出去了,还没还。"

我装作若无其事地回到家。太阳已经落山了,妈妈在监督哥哥做作业,爸爸出去散步了。一切都很平静,没人知道我的事。

见我进门,妈妈只是说:"快洗手,准备吃饭了。"

我把出门前偷拿的钱照原样放好,一边洗手一边想,孙策和太史慈他们都不知怎么样了,还吃什么饭?